桃花笺上事

林潇 著

山西出版传媒集团

北岳文艺出版社

图书在版编目（CIP）数据

桃花笺上事 / 林潇著. — 太原：北岳文艺出版社，2017.4（2021.1重印）
ISBN 978-7-5378-5137-4

Ⅰ.①桃… Ⅱ.①林… Ⅲ.①言情小说 -小说集 -中国 -当代 Ⅳ.①I247.5

中国版本图书馆 CIP 数据核字（2017）第 026505 号

书名：桃花笺上事	策　划：商爱欣	责任编辑：史晋鸿
	封面设计：琦　琦	
著者：林　潇	内文设计：邱孝萍	印装监制：巩　璠

出版发行：山西出版传媒集团・北岳文艺出版社
地址：山西省太原市并州南路 57 号　邮编：030012
电话：0351 - 5628696（发行部）　0351-5628688（总编室）
0351 - 5628695（编辑室）　传真：0351 - 5628680
网址：http://www.bywy.com　E – mail：bywycbs@163.com
经销商：新华书店
印刷装订：三河市天润建兴印务有限公司

开本：660 毫米×960 毫米　1/16
字数：201 千字　印张：18
版次：2017 年 4 月第 1 版
印次：2021 年 1 月河北第 2 次印刷
书号：ISBN 978-7-5378-5137-4
定价：49.80 元

目　　录

1	第 一 笺	梵行安得不负卿
15	第 二 笺	独立疏窗忆寻常
37	第 三 笺	得见君颜浮生乱
55	第 四 笺	梨白落尽月又西
71	第 五 笺	天上富贵牡丹花
93	第 六 笺	曲终人散数峰青
121	第 七 笺	秋风何事悲御扇
141	第 八 笺	秦楼流水锁清秋
157	第 九 笺	歌尽繁花在此间
173	第 十 笺	花间不记来时路
187	第十一笺	花浓春重恐冬风
205	第十二笺	江南往事旧曾谙
227	第十三笺	伊昔红颜美少年
245	第十四笺	君生之时我未生
263	第十五笺	郎来绕床弄青梅

第一笺

梵行安得不负卿

曾虑多情损梵行,入山又恐别倾城。

世间安得双全法,不负如来不负卿。

——仓央嘉措

一夜风雨过，梨花落，梧桐叶凋零成土。天凉气清，庭院空几许，枯门开，素衣慈目若谷虚怀。

旧年好，当时难释怀，花容羞赧笑常开，红颜少年今不在。

箜篌响，空谷音回肠。雁群飞，寺门中，山后方，不见翩翩那年郎。但留青衣僧，卷腕袖，扫叶焚香。

古佛影，青灯黄，凝噎无语，久伫对长廊。

孤槐培下土，坟一座，枯草几许几根香，吹不断，烟细长。

那年花繁，故事短，一世伤。

——每个人的心底，都有一段寂寞的情

一

佛曰，空即是色，色即是空。

想来，佛祖最是看得开，世上的一切得失于佛祖眼中都是浮云，一如静止的时间，一如眼神的交汇。

那么，我于这深山古寺中扫地焚香，诵经敲钟日久，是否也能如佛祖般修得常自在？

昨夜下了一场雨，山上刚开的梨花被雨打落了一地，雪白雪白的，铺满了青石台阶，我看了有些不忍，擦拭完佛祖的金身后便拿着扫帚去了后山。

这个寺庙里只有我一个人，我刚来的时候，破落的院门内杂草丛生，偶尔有些小动物会从草丛中钻出来，瞪大眼珠子，好奇地与我对视。许是山中久无人烟的缘故,这些小家伙并不怕生。

现下,我扫地的这当儿,肩上就蹲了一只小松鼠,它滑溜溜的毛皮被雨水打湿了些许,我停下手中的活,用袖口轻轻擦了擦它的背,它并不躲,身体软软的。

它停下咀嚼松子的动作,滴溜溜的眼睛瞧了我半晌,长长的胡须碰到了我光光的脑袋,痒痒的,这久违的温馨让我微微眯了眼。

我站了许久,怕打扰到它进食,它却很快失去了耐心,啃完松子便速度奇快地跳了下去,消失在草丛深处。

我叹了口气,弓起身子,继续扫零落了一地的梨花。

很快,青石板那被岁月打磨得光滑如镜的原貌便露了出来,我借着树荫透出的光亮看到了反射在石板上的脸:模糊,苍老。

那人已然白了胡须,岁月的年轮染皱了眼角,眉目间有淡淡的了然,这么一瞧,倒也有了一丝看破红尘的味道。

现在的这个了然和尚,倒真不见了那些年的痕迹。

我来这里多久了呢?山中的岁月如被遗忘般静止,我连呼吸都是轻轻地,生怕惊扰了时光的休憩。

早先还记得在寺庙的墙壁上刻下印记,日久,只剩重复的诵经坐禅,连自己是谁都快忘了。

梨花旁的古槐树越发地苍老了,我还记得我来的时候它被雷劈空了,那时原以为它活不了多久,没想到,这么多年还是挺了下来,年年都会抽出些许青芽。

我轻轻抚摸着树身,粗糙的树皮裂痕累累,我手上的皮肤也是皱纹遍布,相触的瞬间,有种岁月相碰的无奈。

树顶的喜鹊觅食归来，于头顶盘旋了一圈，抖落几片枯叶，我伸手接住，残缺了一角，干脆异常。

我生怕碰碎，小心地捧着它，它经脉清晰，如标本般消逝了生命的气息，徒留骨骸一具。

繁华阅尽的人想来也是如此，失了水分与灵动，枯成了标本，或零落成春泥。

我俯身轻轻放下落叶，铲起些土，盖住了它。

余光瞧到槐树下矮小的坟茔，上面长了几颗杂草，香火没有烧尽，零零落落倒在土坯上，几许狼狈。

那是我埋的，里面是一个人短短的一生。

波澜不惊的心拂过的悲伤，如针尖般刺痛身体的各个角落，鼻尖突然就酸了，我老得快忘了春夏秋冬的脑际飘过一张鲜活的容颜，耳边的寂静不在，"咯咯"的笑声若隐若现，鲜活了山中老僧的岁月。

二

我刚认识她的那年绿柳抽了新芽，入目嫩黄一片，柔软了江南的四月天。

进山烧香的游人如织，不绝的人流挤满了进山的小路，在山脚下耕种的我遂摆起了小摊，专门卖些瓜果，供香客解渴。

彼时，我的母亲还在世，她身体不好，所以我每天都会早早回去，带些山边采摘的草药，煎熬给她服用。

那天，我看西斜的太阳已隐隐有些败落的迹象，便将未卖净的瓜果收拾了一下，装进布袋里，打算背回家。

我整理完包裹，抬头时，眼前站了个脸涨得通红的妹妹。

我认得她，她偶尔会来山道两边卖些胭脂水粉。许是以此为营生，她身上的香粉味有些刺鼻，这让闻惯了药香禅香的我颇有些不适应，微微皱了眉头。

她脸红得更厉害了，稍稍地退后些许，两手使劲绞着。

"姑娘，有什么事？"我淡淡地瞧了西天边的太阳一眼。

许是瞧出了我的不耐烦，她终于将目的说出口了。

原是希望我将瓜果卖给她。

我取下肩上的袋子，递给她，她拘束地掏出几个铜板，"这，这是我卖的胭脂水粉的钱，不知道够不够，可是……"

我轻轻将瓜果袋子递到她的手边，等她怯生生地拿过，并没有去拿她那几文钱。

"姑娘不必，本就是要拿去处理的，不值几个钱。"说完，便走了。

那天的太阳落得有些快，待我到山脚的时候，天已然黑透，我看了看黑黢黢的山脉，叹了口气，转身折回。

茅草屋有些破败，老远便能听见母亲的咳嗽声传来，声音不大，却阵阵扯着心脉，触目惊心，让我有种深深的无力感。

木门"吱呀"一声开了，屋内黑黢黢的，母亲的身影佝偻着卧在床头，"回来啦"，沙哑的声音像是生锈的工具，斑驳了岁月。

我"嗯"了一声，捡起角落的残药，洗净，放在瓦罐里熬了起来。

母亲拄着拐棍来到了我身后，叹了口气，"早日成家多好，好替你分担些。"

我苦涩地笑笑，没有回话。

我知道她想什么，可是，哪个姑娘愿意嫁给我呢？没有十里长桥，没有花前月下，只有家徒四壁和油尽灯枯的卧床老人。

她瞧见我不言语，又无声无息地拄着拐杖走入了那片小小的黑暗的天地。

我服侍她睡下后，吹熄了昏黄的烛灯，透着月光，坐在桌边，将她吃剩的蒸土豆伴着稀粥一并狼吞虎咽。

第二天，我给她做好早饭，放在床头，便扛着锄头去了那亩薄田。出门时，天边刚擦过一点嫣红，鸡鸣声寥寥寂寂。

早上进山的人并不多，整条山路冷清清的，初春特有的清冷气息覆盖在我周身，不一会儿，身上便被露水打湿了。

我擦了擦额头的汗珠，起身去田埂边喝水。

水袋旁有一枝红梅，幽幽沁着股香，还整整齐齐地放着几个包裹好的包子。

雪白雪白的，散发着热气。

我下意识地咽了口吐沫，饿得麻木的胃仿佛突然受到了召唤，狠狠痉挛了几下。

是谁放在这儿的呢？我脑海里一张明艳的脸一闪而过，会是她吗？

我拿起水袋，仰脸一饮而尽，转身继续耕种。

日上，游人陆陆续续地进山，我挖了几个土豆，将这几个圆滚滚的小家伙埋进了土里，然后升起火堆。

烤熟了，便是我的午饭。

在等土豆熟的时候，我背起筐篓，将今天要卖的瓜果采摘，洗净，整理好。

转身，一张熟悉的脸站在我身后。

湖边的倒影印出了她通红的脸庞，像极了竹筐里饱满欲滴的苹果。

"你怎么不吃那些包子？"她绞着手绢，轻声质问，"我给你钱你不要，只能买些包子给你……"

我笑笑，为饱口腹之欲而不问来路之食向来为我所不齿，我又怎能坏了自己的坚守。

"瓜果之事，姑娘不必挂怀，那些包子，姑娘自己吃吧，我有午饭的。"我温和地对她笑笑。

她执拗地瞪着我，气急败坏道："我知道你没吃早饭，所以才给你带的，我看了你半宿，你怎的不知他人的好心呢。"

我有些错愕，看了我半宿？

意识到说漏嘴了，她脸"腾"地一下红了，那抹嫣红，明艳如朝霞。

一抹阳光刺透夜幕的阴霾，我的心里明亮起来。那些礼教教给的拘束也不见了踪影，我此刻笑得灿烂，平生从未有过。

"那多谢姑娘美意了。"

那天，我与她一起吃了包子和烤地瓜，麻木了味蕾的烤地瓜第一次让我觉得，竟如此的美味。

三

没有十里红装，亦没有凤冠霞帔，在杨柳依依的季节，我用一顶破旧的轿子将她接进了家门。

没有亲朋，没有酒席，送走两个年老的轿夫后，我搀着她的手一步步迈进那栋破旧的房门。

耳边传来隔壁母亲的咳嗽声，我脚步有些停滞，她轻轻捏了捏我的手，于我耳畔低语："去看看娘吧。"

我心里一阵暖流划过，放开她的手，将母亲安置妥当。待服侍母亲睡下后，轻轻关上木门，退了出来。

屋外，天色渐晚，我抬头望了一眼天际，春末夏初，正是花繁好时节，远处山脉香火不断，游人如织。

芸芸众生中，如蝼蚁一般存在的我，可在那生死簿中，留下一笔，天上人间，可曾写好我与她的结局？

我低低叹了口气，推开房门，今天是我们的洞房，可黑暗中没有莲子，没有喜婆，只有两杯残酒，还有她静静坐在床边的暗红色身影，衬托得这简陋的房间更显萧条。

我轻轻唤了声"娘子"，她瘦削的身影动了动。

煤油灯的光，影影绰绰，室内的景或明或暗，划过我的眼，飞蛾般交叠而过，那一张容颜于暗夜下不甚清晰。

模糊的容颜，模糊了记忆。

可独独那黝黑的，淬了光的眸子，在我掀开盖头的那一瞬间直视而来，如夜幕中的启明星般闪耀，穿透岁月的网层，点亮记忆的混沌。

直刺得我皱纹遍布的眼眸，生疼。

一眼经年，岁月已然划过几十个春秋，那些关于她的气息走远，仿佛不曾于我生命中驻留过。

又恍惚，我的生命自她才开始，她走后，便结束。

伸手擦净眼角的湿润，双手合十，朝西天边默默念了声"阿弥陀佛"。

历经数几十载的诵经念佛，我并非还沉溺于那段情。

只是，她住在我心里，一直不肯走。

佛祖，你能谅解吧。

被雨水冲得七零八落的香火已然熄灭，我的生命之火何时也会熄灭呢？她的香火熄了还有我来打扫，我坐化了又会有谁能发现？

枯死山寺间。

或许，这对我来说是最好的结局。

她曾经说过，她喜欢安静，害怕寂寞，又喜欢上了同样安静寂寞的我。

彼时，安静寂寞的我不能带给她什么，除了，将她短暂的岁月描上一笔笔苦难。

那么，便在长居这山中的岁月，由寂寞的我陪伴她至天荒地老，不知可否让她嘴角的笑，深那么一分？

我仔细扫尽残香，又重新点燃新的香火。

那时，我偷偷种了些棉花，一年细心经营，只盼冬季时能给她做件夹袄。

她被寒风吹红的脸蛋如天边的晚霞，美，却凄。

看得人有种抓不牢的怅然若失。

时年风雨不顺。

最后，只有薄薄一件，我精心将麻布染成淡红色。

那是她最爱的颜色，她说，那是寂寞又灿烂的色彩，恰好够温暖人的生命,又不灼伤那些不禁风雨的心。

我永远忘不掉她惊喜中泛着泪的眼眸。

哪怕半夜采药掉进山谷,摔断了腿,她都不吭一声;哪怕手脚被冻得皲裂,她依旧无声地用冰凉的井水洗净我们的衣物。

她那做胭脂水粉的纤纤细手,后来,从没那么纤细白嫩过。

她将它藏在袖中,从不示人,我却每夜都于她熟睡后,偷偷抚摸。

那么娇嫩的姑娘,像花一样的岁月,就突然不见了踪影。

可是,她在我生命中,一直一直最美。

因为,她是我黑白的一生中唯一的色彩。

像绚烂的烟花,像一现的昙花,一瞬,却是永恒。

那件夹袄她只偷偷穿了一个晚上,第二日,便轻轻盖在了卧床的母亲枯瘦的身上。

她的回眸一笑,疼了我的心。

直到现在,直到我生命的尽头。

她离世后,我收拾了一下茅草屋,带着她的骨灰,便离开了。

那件夹袄,经历了岁月的洗涤,失了原先的色彩,复又恢复了麻布原本的面貌,好像从不曾鲜艳过一般。我轻轻将它叠好,一如记忆中她常有的动作,同母亲的遗物一起,葬在了母亲的坟前。

母亲的养育之恩我已还清,余下的生命,我只愿陪她度过。

四

后来,我带着她来到了这座荒山。

她说她喜欢安静，又害怕寂寞，这山间人烟稀少却又生灵繁多，想必，她不会寂寞吧。

调皮的小松鼠又扔下两个松果，这小家伙很是古怪，每天都会将宝贝的松果放两个在她坟前。

见我抬头望着它，它耸了耸毛茸茸的大尾巴，圆溜溜的小眼睛亮晶晶地与我对视，"嗖"地一下，又跑进了槐树深处。

那眼神，竟划过岁月的厚重，与脑海中的她重叠。

我苦笑着摇摇头，真的是快油尽灯枯了啊。

将山寺扫净后，我便沐浴焚香，换上多年前，我来时穿的衣物。

将袈裟叠放整齐，随木橡佛珠，一起放在了佛像面前。

虔诚地跪下，与佛祖做了最后一拜，算是道别。

弟子并非不忠于佛，只是，弟子原本便是带着一颗凡心而来，只愿这一颗皈依向佛的心，能保佑她，带给她片刻的安宁。

佛纳万物，想必，也能容情。

许是衣物给我的错觉，我竟仿佛又回到了双十岁月，那年，带着她的骨灰而来的我。

一眨眼，山中岁月静，世上已百年。

多少前尘往事落幕，多少儿子成了父亲又成了爷爷。

芸芸众生，原是在演习着相同的故事，每一个不同的人，重复着相似的人生。

失去，得到，只是过程，看淡，放开，才是永恒。永恒，便是世事纷扰的不尽完美，以及对不尽完美的世事的接纳，与执着。

比如我。

我们的故事其实早已写定,但不论过程如何,她永远在我心里,我认定要与她相依。

多少年的遗憾,这一刻,没了遗憾。

坐在槐树下,倚在她单薄的坟茔旁,我不再是看清世事,诵经念佛的山中老僧,而是一个孤独了将近百年的老人,我蜷缩着身体,想汲取她的一丝温暖。

耳边的世界一直很安静,眼前的景象渐渐模糊。

一抹轻柔划过我的面颊,我费力地睁开双眼,一双透亮的眸子在我眼前放大,小松鼠毛茸茸的脑袋温柔地倚在我的脖颈上。

那抹温度,像极了你。

是你吗?我轻轻擦干她滚落眼角的泪珠。

原来,不是我陪着你,而是这么多年来,你一直陪在我身边。

刹那间,泪眼婆娑,寂静了多年的心,油尽灯枯的眼眶中,那年她逝去时没流出的泪,悉数流尽。

第二笺　独立疏窗忆寻常

谁念西风独自凉,萧萧黄叶闭疏窗,沉思往事立残阳。
被酒莫惊春睡重,赌书消得泼茶香,当时只道是寻常。

——纳兰容若

一

窗外的风"呼呼"地扯着泛黄的窗纸，我翻开被衾，紧了紧贴身的亵衣，一股冷风吹来，冻得我迈不开脚，已经好久没有这么冷过了，我哈着冷气想。

"表哥，别下去，冷。"

娥眉体贴地靠在我背上，一股暖流传来，她轻轻拉下幕帐，"叫下人来修缮吧。"她温柔地朝我笑笑，光洁的脸写满温柔。

她是我表妹，也是我现在的妻子。

我给她拢了拢被子，揭开幕帐，下了床，刺骨的风吹来，不留一丝温度给我，我静立了片刻，感受着这种熟悉的感觉，熟悉的我，几欲下泪。

"表哥，怎么还不上来？"娥眉的轻唤声将我麻木的身子唤醒，我应了她一声，转头朝桌上的杯盏中沾了些水，将窗纸重新仔细地糊上，风一下被挡在外面，我没有离开，抚摸着窗纸，眼前浮现出一个忙碌的身影。

那人穿着旧衣衫，挽着最普通的头，头上别着她仅有的一枚发簪，这枚被岁月磨光的檀木簪子，五枚铜钱，是她十八岁生日那天，我用省下的一个月晚膳钱换的。

她挽着袖子在糊纸，房子很破，四处漏风，她歪着脑袋，叉着腰，四处寻风口，每找到一个风口便欣喜若狂地用油纸沾些糨糊，用木凳垫着，颤颤巍巍地踮着脚，小心糊上。糊上后，拍拍手，对着桌前煤油灯下奋笔疾书的男子露出甜甜的笑，那两个小梨涡甚是喜人，让人不禁觉得，她自小是在蜜罐里泡大的。

她其实不是蜜罐里泡大的,她是我的妻子,原配。

她叫桃花,黄浦江上渔民的女儿,因她出生的时候桃花开满江沿,她那没什么学问的爹爹便图了个方便,唤了她桃花。

倒也人如其名,她常年吹海风,有一张红霞一般的脸,还真像是两朵盛开的桃花。即便后来富贵了,这两朵桃花也没消退,每逢家里来人,她总是避而不见,非不得已的时候,就时常低着头。

我知道,她是怕别人笑话我有个贫苦出身的原配。

这些,我原先并没有发现,一直到她去了,我时常对着她的东西回忆她,才一点一滴地找回那个完整的她。

"表哥,"娥眉轻轻唤了我一声,她的身影陡然于我脑海中散了,我回头看了看娥眉,她低着头,仔细地拿了件披风披在我肩上,"如何迟迟不上去?"

她珍珠般的眼在烛光下流光溢彩,我不忍拒绝她,对她笑了笑,"想着生意上的事,回床吧,小心着凉。"

娥眉低眉浅浅地笑开,她拂开红袖,于香炉中点燃一支凝神香,一股紫檀木香味消散开,房间气氛顿时旖旎起来。

我扶着她,撩开帐幕,掖好被子,娥眉依着我,不出片刻就睡熟了,我却是如何都睡不着,睁着眼睛,看着屋顶房梁上的雕花,淡淡的檀香钻入鼻息,香味渐渐凝结,结成了一个窈窕的身影,她挽着一头乌黑的发,嫣红的唇,晶亮的眼,还有两个深深的小梨涡。

她一笑,眼睛弯成了月牙,唇边的两个小梨窝将将要将人醉死,像极了那年,海边的春。

二

　　小时候，算命先生说我是个福泽深厚的人，能够白手起家，建功立业。对于前半句，我祖母听了很是开心，每次说到脸都笑成秋天盛开的大菊花，而对于后半句，祖母却很是嗤之以鼻。

　　确实，江家家大业大，富甲一方，而我又是四代单传的独子，我继承祖业还来不及，哪里有精力去白手起家。

　　但是，冥冥之中自有天意，或许是算命先生的话灵验了，或许只是巧合，总而言之，在我十八岁那年，家里的生意遭到竞争对手的强烈打击，几近崩溃的边缘，父亲到处求人，奈何，树倒猢狲散，往日的亲戚，无一人愿施以援助之手，父亲感叹这人世凉薄，身体也江河日下，一日不如一日，最后，终于在贫困交加的时候，于一座破庙中，驾鹤西去。

　　我那时就只有父亲一个亲人了，父亲一走，我也至此孑然一身，了无牵挂。

　　我跌跌撞撞寻到周府，想去找娥眉的父亲求情，周家是我母亲的娘家，同江家关系很近，我抱着一点希望同他们借钱，想替父亲办个体面的丧事。

　　在周府前，我连门都没进得去，就被下人一棍子打倒。

　　小厮恶狠狠地站在我面前，踩着我的肩对我说，"我们老爷说了，至此江家同周家没有一点关系，你也别来找小姐了，我们小姐已经另觅得良人了，你还是好自为之吧。"

　　我一口血喷出很远，眼前一片暗红，周府朱红的大门混着我满口鲜红的血，这是我这十八年来，见过的最刺眼的色彩。

我想着，我总不能就这么死在周府面前，即便是死，我也不能让娥眉看到我如此落魄的样子，我也有一个男人基本的自尊，我一路撑着墙往前走，路过江府的时候，我瘫软在墙角边，痴痴地看着它。

往日气势恢宏的江府，如今已易主，曾经青梅竹马的表妹，也许了别人，我的人生还有什么意义，我内心悲怆寂寥，似冬季空无一人的原野，再也没有一个活下去的念头。

我想西边不远处就是大关河，这条河通着江，我如果跳下去，应该不会让人寻着我的尸首。

我一路摸过去，看着烟波浩渺的江面，还有不远处壮观的斜阳，脑子里一片空白，"咕咚"一声就跳了下去。

而后我就失去了意识，待我清醒过来的时候，浑身都是剧痛，我心道，都下地府了，还知道疼，莫不是去了十八层地狱吧，我也没做什么坏事啊，想到这个，我就一股脑坐起来，"阎王爷，我没做过坏事，别对我用刑。"

"扑哧！"一阵银铃般的笑声传来，"这位公子，你还没死呢，你被我救啦。"

我睁开眼，眼前是一个十六七岁的女孩子，脸上顶着两坨红，身上有股淡淡的鱼腥味。

"我啊，清晨去捕鱼的，捕到一个重的，心想，好来，一个大家伙，看来爹爹买药的钱有指望了，哪知拉上来一看，却是个人啊。哎，话说，公子，你有什么想不开的，非要去寻死呢，你看活着多好啊。"

她边说边将渔网里的鱼倒出来，放进篓子里，然后蹲在篓子前对着那些鱼低低地说,"鱼儿啊鱼儿,我要把你们卖了,我也是为了生存,不得已,日后有钱,我一定要把你们全部买回来放了。"说完两手握着,低头对鱼儿拜了一拜,然后起身将鱼篓拎到外头。

我看着她这副样子,原先跳河之前的沮丧感去了大半。

"虚伪。"我记恨着她揭我的伤疤,毒舌地评论。

她穿着草鞋,头上挽着方巾,正放好鱼篓进门,听见我说的话之后紧紧咬着唇,一张红扑扑的脸更红了。

"我,我是不得已,家里穷,又没田……"她绞着手,辩解道。

"活计多着呢,何以非要残害生灵。"我一口噎住了她,"即已残害,又为何还要假惺惺。"

其实,我并非天生这般毒舌的人,就是见着她就想欺负她。

我原先不清楚为何,待我清楚为何时,她却已不在了。

我站起身,走出这扇简陋的门,发现我身处一条渔船上,渔船破破烂烂的,船头挂着些网,一阵海风吹来,淡淡的甜腥味吹入鼻间,远处挂着一轮金黄的夕阳,斜斜地,发着柔美的光,很是壮观。

她步子有些急,"公子,这船栏杆有些松,你小心。"

我转身看着她红扑扑的脸,心里竟神奇地豁达了,那些失去的,再夺回来不就行了,就像她说的,活着多好啊,可以看见如此美的景,可以遇见特别的人,何以去死?

"公子,等我爹好了,我就不捕鱼了好吗?"

她在我身后怯怯地说。

"好，彼时，我教你做生意。"我豪情壮语道。

桃花果然很快就不再捕鱼了，因为桃花的爹病重去世了。

去世前，那个孤寡了一辈子的老者拉着我的手，那张被风霜浸透的脸像秋冬时节枯掉的叶片般了无生机，他轻轻翕动两片干巴巴的嘴唇，用失去焦距，已然油尽灯枯的眼睛看着我，"小江，阿伯知道你心高，阿伯不求别的，但求你能照顾桃花，这孩子，命苦……"

桃花含泪看着他，握着老者干枯的手，直点头，"爹，你放心，我会照顾好自己的。"

我也直点头，我不清楚自己到底是不忍老者的临终嘱托，还是真心想娶桃花，或者，我只是想让老伯安心地去。

我与桃花替老伯办了简陋的殡葬仪式，老伯被葬在了郊外的一处荒地。

桃花边擦泪，边跪在矮小的坟茔前，给老伯烧纸，黑色的纸灰飞满了傍晚的天，我静静地站在她身后，看着她单薄的背影倔强地挺着，半晌，她有些沙哑的声音传来。

"公子，我爹的话，你不必当真。"

我看着桃花修长黝黑的手捻了薄薄一刀纸放在火里，火苗有一下没一下地舔着那些纸，纸钱很快便被明黄的火苗吞没。

"等你守孝期过了，我们，便将婚事办了吧。"说出口的时候我愣了一下，好半天没敢看桃花。

好在她没有回头，只是停下烧纸的动作，半晌，喃喃道，"公子不必介怀，爹爹是担心我一个人，我，自小在这片长大，可以养活我自己。"想了想，她又补上一句，"我不捕鱼了，公子教会我算算子，我可以去账房工作。"

"正好替我算算子吧，我说过教你做生意的。"我嘴角泛起一丝笑。

三

时隔三年，桃花孝期已满。

桃花被我骗进洞房的时候含羞轻轻拍打我的胸，"你说要我替你算算子的，如何，我就成了你媳妇。"

我含笑捏了她的下巴，"娘子，当我的管家婆不就是替我算算子吗？"我一脸调笑，"再说了，你穷得没嫁妆，我穷得没聘礼，咱俩又是适婚年纪，你嫁了我岂不正好。"

桃花原本灿若晚霞的脸听到这句立马暗了下来，她垂下眼睑，讷讷不答话，我吹熄了烛，语气里有一丝不正经，"娘子，与为夫洞房花烛如何？"

房里很暗，我看不清桃花的脸，但我感觉到她情绪有些低落，"桃花。"我轻轻唤她。

"公子，你同我在一起，是不是只是因为只能同我在一起。如果有的选，你怕是不会同我在一起了吧。"

那一刻，我突然想起了娥眉，那个我求而不得的表妹，正如老伯所说，我心气高，年少风发时受的致命一击我一辈子都忘不掉，如果能同她在一起，那我，定是要同她在一起的。

我那时从不质疑我的笃定。

若干年后，当我大起大落，历经风雨，得佳人常伴左右，吟诗作画红袖添香之后，我已经失去了我最珍贵的东西。失去之后，我才知道，我那时之所以盲目笃定，只是没有想到，岁月给我的最好的礼物，我却一直只当她是寻常。

我没有答话，沉默良久，桃花突然笑开了，"公子，桃花只是随口一说，公子你别介意。"

她伸出一截皓腕，朝我伸过来，"相公，我能叫你相公吗？"她低头羞涩道，尔后鼓起勇气，抬起头来，拉起我的手，帷帐缓缓落下，淡淡的桃花色中泛着微微的苦，我想，在她的记忆里，这一定不是一个完美的洞房花烛。

最后的印象，是她轻轻拉起我的那双手，这是我第一次碰到她的手，修长，有些粗糙，不比那些官家小姐，甚至不如挽歌。

挽歌是我的红颜知己，也是"醉乡楼"的歌女，在我还是富家公子的时候，就同她交好，我喜欢她的曲子，时常去听，听得久了，也听出了感情。我曾许诺，一寻着机会就替她赎身，哪知，还未寻着机会，我家就没落了。

自古戏子无情，歌女无义，我同挽歌的故事本该随着富贵的烟消云散而结束，我更不该在这洞房花烛之夜想到挽歌，奈何，挽歌却不同于一般的歌女，成亲不久前，她曾经找过我。

彼时，我正在筹谋着如何东山再起，我有智谋有经验，唯一没有的便是人脉同金钱，先前父亲的那些友人全都随着家财散尽而树倒猢狲散了，更别说能够帮我一把。

正当我巧妇难为无米之炊之时，一名小厮唤了我前去瑶光河畔，我犹疑着，终归还是去了。挽歌白纱覆面，抚着琴在河畔等我，她看到我，立马泪眼盈盈。她说，她找了我很多年，一直以为我死了，好在一日，她的婢女在集市上见到一个酷似我的人，这才安了一颗心，急急前来寻我。

她拿出一盒珠宝，说要助我东山再起。

我先前一直想给她赎身，哪知，我不仅没能给她赎身，还要靠她的私房钱东山再起。我想着，这些钱，够她给自己买个自由身了，若是耗在我身上，保不齐就砸了，我不能让一个女子为我丢了一辈子的幸福，而且，我的幸福，已许了他人。

临走时，我看着她，诚恳道："挽歌，替自己赎身，好好过自己的生活，就当往日的江郎已经死了。"

挽歌重新目光灼灼地看着我："挽歌这辈子，就耗在公子身上了，公子若是感念挽歌的情谊，就来找挽歌，收下这钱。挽歌信公子，定不负挽歌。"

我叹了口气，走了。

最难消受美人恩，我那时以为我是傲着口气，不想花挽歌的卖艺赎身钱。很久以后我才知道，我只是下意识地不想欠了别人的情，我欠了桃花一条命，理应是用一辈子去还的。

奈何年少之时最是混沌，一颗心别说旁人，任是自己也看不清，很多的事，就那么稀里糊涂地错过了。

然后，桃花便嫁于了我。

富贵的人家各有不同的富贵，而贫穷的人家却都一样的贫穷。

桃花不识字，亦没什么大智慧，她常常一分钱掰成两分钱花，一日一日地帮我算计着日常的花度。

她知道我想做大事，偷偷存了个小金库，她以为自己藏得隐秘，我不知晓，却不知道她每日多攒下一文钱时唇边那两个深深的小梨涡有多醉人,我如何能不发现她的小秘密。

可是,不够的,她的那些远远不够,我时常对于目前的境况感到沮丧,觉得,或许东山再起只是我的一个奢望,这一辈子,我也许就要为一个馍而愁断肠,我有那么多的大志向,我不甘于这种状况,我越发焦虑了。

我时时皱眉陷入苦闷,桃花却越发活泼,她唇边时时挂着笑,每日,我愁再多,见着她两个深深的小梨涡也轻松了不少,那时我以为桃花天性如此,却不知道,她努力撑起的笑容背后,暗藏了多少苦涩。

一直到那天,桃花的另一个秘密被我发现。

四

我向来觉得脚踏实地的工作换来的钱只是杯水车薪,且会磨灭我的斗志,是以,我一直在琢磨到底如何能来笔大钱,好东山再起,并未有具体工作。桃花对此没有说什么,只是默默地支持我,晚上操持家务,白天去账房算账。

这份差事不算辛苦,我便让她一直做着。

一日,我在集市上闲逛,到处寻找商机,路过桃花做事的商铺的时候,我顺道进去看看她,哪知,账房的伙计告诉我,桃花半年前就已离开了。

当即,我便蒙了,印象里,桃花从来不骗我。

当晚回去的时候,桃花红肿着一双手,揉着肩给我做晚膳,我问她工作如何,桃花背着我布置饭桌,闪闪烁烁地说很好,老板伙计都很照顾她。桃花不是善于说谎的人,我这才发现,桃花表现得如此异样，我竟然一直没发现。

第二日清晨，我早早醒来，尾随桃花出门。桃花一路顺着巷子，拐到了一户偏僻的暗门里。

暗门里有许多格子，每个格子门口还有一些人看守，我趁看守小解的时候偷偷混了出去，里面坐了很多人，每个人都穿戴严实，用纱布在筛海水，纱布下是一个个大缸，缸里是晶莹剔透的白盐。

我一眼便在人群里发现了桃花，我如何认不出来，被包得严严实实的脸上的一双明亮的眼睛，她时不时地用那双被盐水渍得红肿的手揉眼睛，旁边的监工一看见她这个动作，猛劲推搡了一下，"开什么小差，这批私盐要快些，官府发现了，你们都别想脱开干系。"

桃花一个趔趄，我抬脚想上前扶她，好在她及时扶住了身旁的木梁，我看着她胡乱擦拭头上的汗，然后继续起身忙碌不停。

我默默地退了出来，然后在暗门不远处等她。

月色高挂，桃花拖着疲惫的身子出来了，我看着她弯着腰，不停地揉肩，特别想上前扶她，但是我忍住了，我默默地跟着她，路边的街巷都没了人烟，世界仿佛睡着了，我有些愧疚，桃花这么晚回来，我竟从未注意过。

我随了她一路，快到家门口的时候，桃花脚步整个轻快了起来，她拢了拢头发，掸了掸衣服，然后在家门口的水塘边洗了洗手，又抹了把脸。

"相公，相公"她轻快地敲门，一丝也瞧不见适才的劳累，我看着她消瘦的背影，从身后轻轻抱住了她，她一惊，待发现是我之后红了一张脸，扭捏道："相公，你没在家啊，赶紧开门，桃花给你做好吃的。"

我把头埋在她的脖子里，"今儿，相公做给你吃。"

西窗烛，剪罢无，巴山下，夜雨共落花，赌书泼茶，黄叶疏窗，同你，谱一曲寻常。

晚上，我躺在床上，外面"滴答滴答"下起了小雨，桃花拿着把剪刀认真地剪烛，烛火一下蹿得老高，我看着她的侧脸，内心的一个念头越发地强烈。

她忙碌完便掀开被衾，靠着我身边，不出片刻就传来轻微的鼾声。

我放下书册，侧身仔细地看着她，拥她入怀，轻轻刮了下她的鼻尖，微微笑开，心道，这可真是个傻女人。

我想，桃花此举或许是伤到我大男子的自尊了，我堂堂一五尺男儿，怎能让妻子如此辛劳，是如此吧，所以我才决定同挽歌取了钱来，不然，又如何能解释我如此轻而易举地就推翻掉我之前的信誓旦旦呢？毕竟，我是如此一言九鼎的人。

第二日，我寻着挽歌的时候，她唇边的笑漾开，"我还真担心公子说到做到，再也不理挽歌了。"

"我如何能负佳人心。"我坏坏一笑，挽歌愣怔片刻，"真好，你还是以前的江郎。"

"那是自然。"我挥手写下一张字据，白纸黑字，递给挽歌。

挽歌看着上面的内容，摇了摇头，招手唤来丫鬟，令丫鬟取出另一张纸，递至我面前。

却原来是一纸婚约。

"挽歌，"我有些急，"我已娶妻。"

挽歌摇摇头，"挽歌知道，挽歌只求这辈子能同公子在一起，便足矣。"

我看着挽歌，挽歌也紧紧地盯着我，眼里的决然写得清清楚楚。

"挽歌，若是我糟了你这笔钱，那我可是连你赎身都不得法，你真的，要想清楚。"

挽歌笑笑，"既见君子，云胡不喜。既识公子，又何以再执着于旁人。挽歌信你。"

我叹了口气，挽歌安然地目送我走开。

五

想来，世上是真有冥冥之中注定好这一说的，东山再起对于我来说，欠缺的许就是一笔钱同我开始的勇气而已。

一来熟悉，二来我不忍祖业遭弃，于是，我又做回了原先江府一直接触的布匹生意，并很快度过了困难期，进入正轨。

世人都不爱雪中送炭，却皆喜锦上添花，我生意进入正轨之后，家门口的宾客络绎不绝，同我与桃花当初相依为命之时门可罗雀的状况已大不相同了。

我将江府重新买了回来，搬了进去。

看着当年的亭台楼阁，高楼院宇，依旧气势巍峨，奈何，风住尘香花已尽，物是人非事事休，当初的下人都已被遣散，我的父亲，也不在了。恍然回头，看到桃花，才惊觉，时光，真的在一回眸间已然过去了数年。

好在，桃花依旧在我身边。

我给了她金缕玉衣，给了她足够的地位，让她时时带着一众丫鬟气派出行，我以为她会开心。

桃花却日渐话少，不复以前的活泼，我生意繁忙，应酬渐多，再加上年少时浪荡惯了，本身也不是多细腻体贴的人，我同她之间，往常时时靠她捂着，她同我远了距离，我也不知如何哄她。

我原以为，我有钱了，就可以不用让她辛苦，却不想，我有钱了，她却失了那些只属于我俩的小幸福。

我想着，或许过着过着，她就习惯了，她也许只是过惯了穷苦日子，初初富裕不知如何是好而已。

我愿意等她。

我还没等到桃花展颜的那天，就先等来了一个人，那个人，是我年少时求而不得的表妹。

娥眉在一个大雪天裹了一身狐裘泪眼婆娑地敲响了我的家门。

再见她，年少时那些委屈、愤怒、伤心，夹杂着年少岁月时的情窦初开一起奔涌而来，我已经很多年没有经受过如此强烈的感情波动了，彼时，桃花正在往我手里的暖炉里添柴火，见着我的异常反应朝门口看了过去。

娥眉一双水汪汪的眼睛里全是故事，我想，桃花能懂，我将娥眉从雪地里扶进屋的时候，桃花已不知去了何处，下人悄无声息地推门进来，添了些柴火，外面冰雪漫天，房间春暖一片，而后，再没人打扰。

那个下午，娥眉彻底圆满了我年少时的那些遗憾，香炉里的烟缓缓地升起，细细长长，像年少时那抹若有似无的情谊，再度慢慢萦绕我的心扉。

她告诉我，她当年百般哀求父亲助我，她的父亲不仅不理不睬，还当即将她许了别家，她死活不肯嫁，以死相逼，一拖就拖了这么些年，她一个闺中女子，不知去何处寻我，亦不知我的死活，便一直在痴痴地等，终于，听说江府易主，一打听，才知果然是我又回来了。

我握着娥眉的手，表妹的深情，桃花，我该如何是好。

我想，我上辈子定是做了什么大逆不道的事，才会欠下如此多桃花债，如果可以，我多想守着桃花一个人，就这么与卿执手，白首不相离。

烟花三月时节，表妹一脸笑颜如花地进了江府的门，挽起表妹手的那一刻，我想起也是在这么美的时节，我与桃花相遇，岁月破碎了风向，吹皱了谁的容颜，我对着表妹的耳边悄悄许下诺言，"为夫定不负娘子。"娥眉含笑羞低了头。

同年五月，草长莺飞，挽歌也一并入了我家的门，至此，我左拥右抱，尽享齐人之福，在这富贵中风花了哪方雪月。

成家后，生意越发繁忙，我的布匹一路从这江南小镇穿到了京城的达官贵人身上，商人重利轻别离，我常年在外奔波，时常不得归家。老人常言，身边不能少个女人，表妹是大家闺秀，学识渊博，可以在生意上帮衬我，而挽歌能歌善舞，可以应酬客人，我便时时将她们带着，而桃花，大户人家少不了主人，她就一直在主持家计。

每逢谈成一单生意，我便将金银细软给桃花，让她存进库房里，桃花细心地替我掸去一身风尘仆仆的痕迹，而后细心地打水给我擦拭，最后，才会淡淡地收去钱财，拿起我交给她的钥匙，将钱收进库房。

春节临近，爆竹声一阵阵得不了停歇，我收到京中店铺传来的急报，要去京城处理些生意，路途遥远，归期未定，许要去个一年半载。

本该是春风送暖入屠苏的团聚时节，我却又要为了生计而别离，我做生意的初衷是为了桃花能有个好日子，却不想，春风偏了轨迹，一路吹来了别离。

我着下人收拾细软，再遣人去通知娥眉挽歌，尔后，我迈步去了西塘边。

桃花着了身素布衣裳在池塘边放生，水盆里是一尾尾鱼，集市上再寻常不过的鱼。桃花认真地看着它们，鱼儿欢快地从水塘边上游远，桃花欣慰地看着它们。

我上前握住了她细弱的肩膀，桃花轻轻依偎在我胸前，我们都没有讲话。她一直没同我讲过她为了生活吃过的那些苦，也没质问过我的任何决定，我想起年少时同她的豪言壮语，我说，"我江家没有庸才，你且看我有朝一日东山再起，彼时，我不会让你再吃一点苦。"

我东山再起了，可是，我却觉得有什么抓不住了。

"桃花，我要出去一段时间，尽快回来，你在家保重。"

桃花点点头，一时无声，鱼塘边一条鱼摇着尾巴靠近，吐了个泡泡，又游远。

"相公,我等你回来。"

好,等我回来,回来了,我就再也不走了,陪你看天地浩大,陪你到天荒地老。

我暗暗对自己说。

许是抱了这样的念头,一年时间很快过了,我将京中的店盘了出去,收拾家当驾了匹马车出城,城外,我看着络绎不绝的人流离城进城,我不加留恋地挥起了马鞭,策马奔腾,纵然,大男儿志在四方,可我,总不能忘了最初的方向。

我最初的方向,是桃花。

六

风一更,雪一更,聒碎乡心梦不成,故园无此声。

江府的门庭冷落,见着我,门口的小厮立马迎了过来,"老爷,您可回来了,夫人快不行了。"

我脑袋里像是被雷劈了一下,不行了,如何就不行了。

小厮一路带我去寻桃花,我听他絮絮叨叨地讲着,桃花病重,久医无效,桃花撑了许久,就剩一口气吊着,下人们猜,许是为了等我。奈何,桃花死活不肯让下人去京中寻我。

我想起回京前每个夜里都在做的梦,梦中,桃花尘霜满面,一头白发如霜,我一身锦衣,带着如花美眷还乡。桃花坐在小轩窗前,正描眉梳着妆,我痴痴地看着她,同她相顾无言,脸上有泪流千行。

午夜梦回,一息清冷的月照在脸上,脸上有凉凉的触感,伸手去擦,竟是一脸的清泪。

却原来，还真是心有灵犀一点通。

我轻轻敲响了桃花的门，没有说话，里面的人咳嗽了两声，而后，略带沙哑的声音有些虚弱地响起，"相公？"

"唉……"我叹气般地回了声。

里面的人笑了下，"我就知道是相公。"声音有些调皮，有些虚弱，我能想象到她唇边两颗深深的小梨涡。

"相公，你可让桃花好等啊，等了好久好久了，久到，我把认识你到现在的时光已想了好多遍好多遍。"她有些委屈，口气又像是变回了十六七的女孩子。

"桃花，如何不遣人去，寻了我回来。"我的声音有些哽咽。

里面的人更委屈了，"你不是忙吗，我，怕打扰你啊……"我能想象着她嘟嘴的样子。

"桃花。"我推门，我想拥着里面的那人，她却惊恐地叫起来，"别，别相公。"推门声戛然而止，我将头抵在门上，"桃花，相公，想你。"

"相公，桃花听说汉武帝有个特别美的妃子，然后病重了，想见汉武帝，却忍着不见，她怕汉武帝见着自己生病的样子就不会念着她了，我想，我想相公能时时想着我，虽然，桃花原本生的也并不美。"里面的人顿了很久，讷讷地说，"相公，你有娥眉妹妹跟挽歌姐姐陪着，想必也不会有空念着桃花吧。"

"这样也好，这样，相公就不会孤单了……"

"桃花……"我哽咽地说不出话来，"桃花，你，要快些好起来。"

里面的人许久没有讲话。

光滑的木门上有着些微的寒意，我将脸抵在木门上，轻轻地轻轻地，生怕压疼了门内的那人，西天边的斜阳慢慢落了山，身上寒意渐重，娥眉、挽歌不知何时来了我的身后，"老爷……"

我无力地挥挥手，"你们走吧，我想陪陪桃花。"

桃花同我相识不过十年，成亲七年，过了五年的贫苦日子，五年富贵中，我又相继娶了表妹和挽歌，时时四处漂泊，真正同她在一起的时光，不过寥寥。但是，这不过寥寥的时光中，命运却将桃花深深刻进我的灵魂里，只是，岁月是剂忘忧散，我时时想不起桃花之于我的意义，待我想起珍惜时，岁月已带走了她，再不给我一丝机会。

十八岁那年，我第一次流落到桃花的渔船上，也第一次见到浩瀚的海洋，桃花指着大海对我说，"公子，这海可深啦，你要小心些，别掉下去。"

我那时看着烟波浩渺的海岸也颇为惊叹自然的壮观，只是那时候的我，还不知道爱一个人的感觉。

爱过方知情滋味，相思始觉海非深。

桃花，当我想你的时候，海又如何有我的相思深。

我学会爱了，但教会我爱的那个人，却再也不在了。

第三笺　得见君颜浮生乱

特入空门问苦空,敢将禅事问禅翁;
为当梦是浮生事?为复浮生是梦中。

——白居易

（一）洞庭河边，初见乱浮生

豆蔻年少佳期无，无涯对天相思长。
羞颜未开折花念，念那人身落何方？

——既见君子，云胡不喜

我是西村的女子，姓西，因着鬓角一抹花瓣形的暗红胎记，单名便唤了一个黛字。

我自小便在这村边的伊子河畔浣纱为生，闲暇时刻，看云看天看夜空，皆会久久发呆。日子如此这般一日日过去，平淡无波，未知将来的自己，也看不清这一生的遭遇如何，我一度以为，这一辈子，我都将这样下去。

直到那天，我遇到了那个人。

我想，我这辈子都不会忘了初见他的那一天的，即便多少年后，我一身白衣躺在千军万马的城墙下，一切过往已快烟消云散之时，我看着眼前的脸，细想洞庭楼前的初见，都还觉得恍若昨天。

那日，天色已暗，我接到替我寻差事的官人送来的纱布，急急地同小秋到河边浣洗，新帝即将登基，举国皆要换上新衣服，大家都异常忙碌，西村河边早已人满为患，我同小秋一商量，决定去城隍庙外边的河岸浣洗，远一些，想必，人也少一些。

日晚倦梳头，十月芳菲尽，候鸟唱离歌。物非人非事不休，初长成，许多愁。

城隍庙外的夜晚并不是十分美好，清秋乍显，风吹皱了游人的眉头。

江这头，露渐浓，花更瘦，清冷不休。

求香的游人如织，不远处有一座著名的洞庭阁楼，游人络绎不绝，我浣纱河边，时而盯着游人发呆，眉角微皱。小秋问我怎么了，我摇摇头，我也不知怎么了，就是觉得这车水马龙的人群里，好似有人在看我。

转而，我自嘲地笑笑，如何会有人看我呢，毕竟，我只是一名普通的浣纱女。

洞庭楼前归客过往，一个个不知来自何处，又去向何方，痴怨着秋梦，湖上美人乘着游船，疑似在对着夜月高歌。洞庭阁楼，已经屹立于此千年万年了吧，不知，在岁月长河中，可有过往游客为你驻留过？

楼高寒不胜，窗外月色冷，游人绝了踪迹，我使劲拧干纱衣，起身准备回西村。

"西黛。"小秋唤住了我，指了指前方，我顺着她看过去。

盈盈浅笑是何人？扇轻摇，纶巾长袍，是谁，在众生之巅睥睨人世浮沉，只叹一声天为谁春。

我想我的表现有些失礼，小秋掐了我胳膊一下，我痛得几近叫出声来，回过神来的我小声地问小秋这人是谁，小秋偷偷睨了他一眼，红了一张白净的脸，她摇摇头，"没见过"。

他朝我笑，走到我面前，展开折扇，递给我看，折扇上有两个龙飞凤舞的字：穆禅。

纸上名姓，笔间字痕，我轻声默念出声，偷偷瞄摹他的眉眼，想他与我的，前世今生。

我想，为何这个人给我的感觉如此熟悉，初相识便想上前轻抚他的眉间雪痕？

诚然，我并不认识穆禅，这是我同他的第一次见面，穆禅是周王的臣子，说是此番下民间专门为周王选妃的，他神秘地告诉我，他所选的，是庚子年生，鬓角有一抹暗红胎记的女子，这个女子是命定的皇后，娶之可保大周王朝千秋万代国泰民安。

不巧，我正是庚子年生，鬓角有一抹花瓣形的暗红胎记。也就是说，我是穆禅要找的那个人。

我拎着篮子，有些忧伤地问他，"那么，你要将我带去皇宫吗？"

穆禅朝着洞庭阁"哈哈"笑开，"你笑什么？"我疑惑。

他潇洒地折上纸扇，"你这憨憨傻傻的样子，与我所想的媚倒众生倒是有些出入，也罢，且容我先教你些礼仪，你这样，终归不适合活在皇宫。"

我拎着篮子，低着头咬唇，就这么任着穆禅同我回了西村。

穆禅很开朗，也许用霸气形容更好些，他令我收拾西边不用的一间房给他，我含蓄地提醒他，那是我死去父亲的房间，我不想给旁人住，他像没听到，颇有主人范地住下了，我原地纠结良久，念着他没地方住，终归不忍赶他。

穆禅含笑看着我走远。

我送饭给穆禅的时候，他招招手，让我过去，我有些忐忑，想起小秋的话，"这人长得挺斯文，想来不会是骗子。"我鼓起勇气，走了过去。

"来，手要这样放。"他将我转过身，让我背对着他，手覆在我的手背上，我触电般地移开，半晌，他没动静，我以为他生气了，偷偷去瞧他，转头，见着他直直地盯着我，他的鼻息喷在我的脸上，暖暖的，像火烧般灼人。

是夜，我翻来覆去，终是迷迷糊糊睡着了，奈何即便睡着也没睡得好觉，做了一夜梦，全是关于他。

梦里，一忽儿月光亘古，穆禅煮酒醉笑，狼烟烽火战喧嚣，我却是那折戟，陪他醉卧沙场，陪他仰天长啸；一忽儿他是此间少年，眉目淡淡，阳光雨下雪痕飘，我又成了一支长箫，随他倦看世事，远离尘嚣；一忽儿，他又成了那梵音香雾，经殿诵经，转动山水修来世，我却是那佛前木缘，只能触他一世指尖，助他飞升成仙。

我始终有爱难言，始终在与他错过，醒来时，我一头冷汗，穆禅笑眯眯地在窗外唤我起床，说要教我歌舞，我看着他立于窗外桃树边的侧影，暗暗抚了抚头上的汗，吐了口气，这可真是个无奈又苦涩的春梦啊，好在穆禅不知道，不然要羞死，我拉了下舌头。

（二）韶华易逝，光阴错江湖

韶华易逝，光阴错，十月平湖，飞霜漫天，寸寸青丝华年落。

同穆禅在一起的时候真快，转瞬间就大半年有余了，穆禅是个好夫子，我自觉颇有些大家闺秀的范儿了，今日，春色甚好，穆禅邀我去洞庭湖游船。

湖上有双飞的春燕来回滑翔，夹岸的桃花好似蘸着湖水盛开娇羞的容颜。我坐在小舟上，手拂过水波，岸边的柳荫自动给穆禅让出道来，穆禅回头看着我调皮地唱歌，对我笑着。

我掬起一捧水，在桥边缓缓唱起歌来，岸边的游人都被我吸引，纷纷朝我看过来，一曲毕，游人久久不愿离去，我有些小窃喜地问穆禅，我现下是不是已经可以当个合格的皇后了。

穆禅原先晴空一片的脸色，听到我的问话之后，立时寂寥万分，久久不言语。他停了划船的动作，小舟停在水中央，波光反射星星点点的光芒，我看不清穆禅的神色。

"西黛，我后悔了。"

"啊？"

我正想问他后悔什么，两个人踩着水波，凌空踏步而来，我来不及反应，他们便立在了我们这艘小船上。

"禅，为何还不行动，时候是否太久了？"一名大胡子咄咄道，连我都能感受到他的逼迫感。

"急什么。"穆禅盘膝坐在桥头，闲闲地擦拭随身佩戴的剑。

"陛下在催了。"大胡子说完便脚尖一点，又再度踏着波消失了，"禅，陛下说，记得你的责任。"

二人消失后，穆禅在船头坐了半天，他的长发被海风吹起，飘出弯弯的弧度，缠绕着我的心扉，我忐忑地走过去，不知该说些什么。

"禅，是说我吗？"我捏着衣角想了想道，"若是指我，那禅快些完成任务吧，西黛愿为国泰民安嫁给周王。"我想了想，原本想说"西黛愿为禅完成任务的"，还是改了。

穆禅转过头来，他的眼睛狭长，眼眸幽黑，像一口老井，能将人深深地吸进去，然后心甘情愿地被溺死。

他一把抱住了我，我隐隐觉得穆禅有些不对劲，又不知该如何安慰他，便这么任他抱着。

回去后，下起了小雨，穆禅让我收拾包裹，我想，我终于要同穆禅分别了吗？

我精神有些不集中，收拾一会儿便发起了呆，外面气息清新，空中有细碎的花瓣自由自在地飞着，这一切轻得像是我的一个梦，梦醒了，我就又在河边浣纱了。奈何这不是在梦中，我坐在阁楼边，拿着包裹，看着眼前细细绵绵的小雨，它们像丝一样细，一如那剪不断理还乱的愁绪。

穆禅驾了一辆马车，我背着包裹站在破旧的木房前看着，我自小在这里长大，这便要走了呢，而后，我钻进马车，马车踢踢踏踏，我同穆禅一路相顾无言。

一路舟车劳顿，颠倒黑白，穆禅掀开轿帘的那一刻，真真恍若隔世。

眼前的景，我此生从未见过。高轩临碧渚，飞檐迥架空。余花攒镂槛，残柳散雕栊。岸菊初含蕊，园梨始带红。我想，书本诚不欺我，如此盛世之景还真是担得起书中的描写。

"穆禅。"我轻轻唤了他一声，穆禅无声地看着我，身边一名侍卫一把刀架在了我的面前，"大胆，如何能直称太子名讳。"

太子？这是什么？穆禅又何时成了太子？

穆禅挥袖将侍卫连着刀弹出很远，"大胆，本宫的客人，尔等客气些。"

我有些愣愣地看着穆禅，这样子的他，我没见过。

穆禅看着我，对我笑笑，又恢复了那个往日温润如玉的穆禅，他伸手抚摸我额边的花瓣，"西黛，别怕。"

穆禅将我安排到了皇宫一处空置的宫殿里，拨了些丫鬟给我使唤，我同小丫鬟打听才知晓，这里是大楚的皇宫，大楚在大周隔壁，两国不仅毗邻，还是政敌。我隐隐觉得有些不对劲，却又想不出哪里不对劲，我想，穆禅不会骗我，我要信他。

如果他骗我，如果他骗我如何是好，如果他骗我，那就给他骗吧，我想。

我劳碌惯了，闲不住，时常趁着空隙偷偷溜出去玩，一日，我去御花园扑蝴蝶，蝴蝶挥舞着翅膀，一会就没了踪影，身后的小丫鬟们也跟丢，一个不剩，皇宫的建筑鳞次栉比，但在我眼里，都长得一个样，我到处胡乱找，在一个同我宫殿很像的宫殿前听到了穆禅的声音。

想来这是穆禅的寝宫，巡视的侍卫不知去了何处，倒正好得了我的便。

"那女子不得留，一定要送去周国。"一个威严的声音。

"父皇，卜算之说，诚不可信。"穆禅铿锵有力地说，如是，那个威严的声音，怕就是楚王了吧。

楚王，是在同穆禅说我吗？

"卜算之说，可是我楚国一贯的习俗，你这是要废了民风不成？"楚王强压着怒气，"再说，这女子是祸水，娶之可覆国一说，还是你老师卜算出的，你先前自告奋勇去周国当内应，还信誓旦旦说要亲手送了这女子去周国的，太子，你可还记得！"说到最后一句，楚王的声音已然是怒气外露。

"父皇，如果儿臣定要留她呢。"

"那你的太子也别做了，我也就当没你这个儿子。"

里面传来"哐当"一声脆响，惊得我打了个寒战，有脚步声响起，想来是侍卫，我赶紧提起裙裾跑开。

回寝殿的路上，一直贴身伺候我的小宫女找到了我，她吓得拍拍胸脯，长呼一口气，"小姐，你在这里啊，吓死奴家了。"

我点点头，思绪有些乱，原来，我不是那娶之可保国泰民安的命定皇后，而是那祸国殃民的祸水，怪不得穆禅第一次见我说我与他所想的媚倒众生有些出入，他教习我那些礼仪歌舞，是想让我变成祸水吗？那他，又为何不肯放我去了呢？我可是他半年的心血啊。

"小姐，你可是在想太子？"小丫鬟有些饶舌，平时喜欢同我讲宫内的八卦，"我觉得啊，太子真是很喜欢小姐，这么多年，太子都没亲近过什么女子，小姐啊，你是头一个，而且我看太子看小姐的眼神，真真羡煞人……"

我无声地听着，小丫鬟讲累了，我佯装无意地问她，可知这宫内杂物如何处理。

小丫鬟不疑有他地同我讲起来。

穆禅，想你是高高在上的太子，即便我不是，我也已被认为是那亡天下的不祥之人，我定是不能够害你背弃这大好山河的，此番，走，或许是我唯一的出路了。

远处灯火星星点点，宫女打着灯笼成群结队地走过我的身边，我想起穆禅每晚忙碌完公事，无论再晚都会来我寝殿中找我，今儿，他怕是寻不到我了吧。

穆禅，从今往后，你要保重。

午夜时分，月高风冷，我瑟瑟地缩在杂物箱里，耳边只有车轮碾过青石道的声音。突然，一阵悠扬的箫声传入耳际，我下意识地推开杂物箱的盖子，远远地瞧着倚在摘月楼栏边的那个男子，明月调皮地挂在他的肩头，长发被风吹起，我可以想象那清幽的箫声自他唇边飞出的姿态，而后，随着风飘入我耳畔。

别了，穆禅。

我默默地说，一滴泪落下，湿了脸颊。

（三）雨送黄昏，林花太匆匆

出了皇宫，我乘着帆船一路南下，江边的青枫一字排开，让我恍惚自己还在原地，没有走远。

临近楚国城池的边缘，古木开始变得稀稀疏疏。我正对着这些百年古木发呆的间隙，一众水兵拦住了我的帆船，开船的老汉抖着身子被拖上了岸，我也稀里糊涂地被押了上去。

"大人，小的是做生意的，不是那奸细啊。"六十好几的老汉鞠着手，跪在地上，哭得一把鼻涕一把泪，我瞧着甚是可怜。

"你们这是作何，我们好好的，为何要捉了我们。"我鼓起勇气上前。

为首的官兵有些无礼地盯着我瞧了瞧，"你们从楚国来，又不经官道，偷偷摸摸入我大周国境，不是那奸细是何，我大周之前查出不少楚国的奸细，你如何证明你们不是？"

我确实找不出证明的方法。

我同开船的老伯一起被押到了监狱，狱长打算对老伯用刑逼供。

老伯原先不想乘船去周国，是我求他，因为我不想走官道，我怕被穆禅找到，所以才走的水道，我想，终归是我连累了老伯，而他年纪大了，经不了折磨，想到这儿，我便对狱长说，老伯什么都不知道，如果想立功，就让我面见圣上，我有内幕。

监狱长看了我许久，而后，踱步至我面前，挑起我的下巴，"倒是美貌，你若是那奸细，我可立功，你若不是那奸细，我倒也算是献美一名，也罢，对我没什么害处。"

我对着监狱长笑出满园春花，笑皱一池秋水。

世事漫漫，多情无奈随水逝，回首蓦然，算来一梦浮生，荣华已没。

古时道祸国佳人都是媚倒众生，妖娆万分，想来，凡是都有个例外，我便是那祸水，却不狐媚祸国，我自认还是个端庄单纯的女子，做的唯一出格的事，便是将信将疑自己不祥的身份任性了一把，替我心上人做了些微有益他的努力。

隐砂是这楚国的王，楚人传闻他能挥剑斩天地，笑荡风云变，我第一次见到那个一身转战三千里，一剑曾挡百万师的男子的时候，他正骑着一匹战马，举箭射向一头梅花鹿，我挣脱开官兵的束缚，不假思索地提起裙角，挡在鹿前。

千年前谁马革裹尸，千年后谁红袖善舞，一眼望透，故事重又开头，谁手执蒹葭，谁于漫漫岁月中复回首。

他骑在马上，目光如炬地看着我，半晌，放下那把巨大的弓，纵身跃下马背，走到我面前，"姑娘，你不怕本王一箭射穿你吗？"

我倔强地昂着头，"不怕"。

他豪迈地笑开，不顾我的惊呼，拦腰抱起我，战马上的马鞍咯得我生疼，耳旁的风像刀一般，刮过我的耳畔，他看着我惊慌失措的样子，将我揽在怀里，甚是开怀。

我渐渐不再惊慌，马背上那人有着乌黑浓密的眉，有着星般的眼，他，就是穆禅想让我嫁的夫君吗，我静静地想，想他醉卧美人膝，醒掌生死权的样子，他有穆禅没有的霸气，也有穆禅有的柔情。

我要是先遇到他的话，许会爱慕他的吧。如果，奈何，凡事本没有如果。

后来，我就做了隐砂的妃子，隐砂待我极好，他瞧我喜欢对月发呆，就举尽天下之力，替我造了那九重宝塔供我赏月。每夜，隐砂抱着我坐在九重宝塔之上，眼前的山月无声，不知伊人心底事，徒任水风，空落眼前花雨，风吹过耳畔，我喜欢呆呆地坐在宝塔边，对月举手，粗粗看，就像是将那轮圆月握在手心里般。

每逢这时，隐砂都一言不发地陪着我。

世人都道隐砂昏庸无道，不然，又如何有这乱世天下。我却觉得，隐砂真是个好王，奈何，天命不可违，天下大势，一人之力决定不了。

我与他时时在一起，天下人眼里，我们自是如胶似漆，而大周这天下，却一日日江河日下。

有时，隐砂对着大好河山发呆，见着我，便轻轻拥着我，他说，西黛，这天下之主，能者居之，美人，强者得之，我多希望一直做强者，但如若我做不了，我也希望真正的强者能护你左右。他说这话时，有种强者的无奈，有种大漠孤烟落日的苍凉，我不知如何安慰他，只得告诉他，西黛会一直陪他。

西黛说这话之时是真心，还是假意呢，西黛真的不知道，西黛，糊涂了。

三年后，我被隐砂立为皇后，我随隐砂站在高宫之巅，享万民叩拜，远处江山如画，残阳似血，狼烟烽火四起，滔滔江水尽东流。许是山河太美，如梦似幻，太不真实，以致我内心某种情绪一闪而过，抓不住，我微微皱了眉，情绪有些低落。

隐砂握着我的手，将我揽入怀中，我无声地靠着他，他的下巴轻轻抵着我，他的温度很暖，我孤单了那么多年，穆禅陪我数月，而他，给我的温暖却成了最多的那个。多少个午夜梦回，穆禅自梦中同我告别，我眼角有泪滑下，有人替我轻轻擦去，我睁开眼，瞧见身侧的他熟睡的容颜。

是他给我擦去的眼泪吗，还是，这一切，包括梦里的穆禅，都只是错觉，我一觉醒来，仍还在溪边浣纱？

我疑惑了许多年，就这么稀里糊涂地也过了好多年，这梦里爱流泪的毛病倒是好了不少，穆禅也渐渐不再出现了，最后，我都记不太清穆禅与我的那些过往，我有时甚至恍惚，我是否真的遇见过他，还是，那段经历真的只是我年少荒唐时的南柯一梦。

天下大势，合久必分，分久必合。海枯石烂沧海桑田也只是几场歌舞，几盏酒的距离。

花开花落不长久，落红满地归寂中。

仓鼎盛世的倾覆不过吟一首诗的时刻，更别说原先便已摇摇欲坠的大周王朝，山里的雨要来了，东风，先吹了满楼，吹得大周愈加风雨飘摇。

那天，狼烟烽火四起，我身处深宫，都能闻到死亡的味道。隐砂挽着我的手，随我站在城墙上，他深深地看着我，对我说，"西黛，你跟着我，一直不高兴，现在，你想的那个人要来了，自此以后，要多笑笑。"

我惊恐地睁大一双眼，原来，原来他都知道，他既然知道，为何还对我这般好？

"傻瓜，我是王，自己皇后的来历，当然知道。"他刮了刮我的鼻子，朝我疲惫地眨了眨眼，而后，苦涩地笑开。

这一笑，大风起兮云飞扬，九州俱震荡。

"原先我不信楚国的那些占卜之术，本王年少登基，独自一人守住这天下，自是不屑楚人的那些个理论，本王向来信奉人定胜天，可是，后来，本王是真的爱你。西黛，好好活着，即便楚人不容你，你也要好好活着。"

他拉着我的手，打开这城门，城门外，穆禅一身白色铠甲，高高地坐于战马上，拿着一柄长枪，像是下凡的天神。

天边的光有些刺眼，我微微眯了眼睛，穆禅，穆禅，我是西黛，你可还记得，你也许不记得了罢，也罢，你不记得了，也罢。

"西黛。"马上的那人轻轻地唤我，"西黛，你还好吗？穆禅来了。"

眼泪顺着脸庞一路滑下，穆禅，你还记得我。

"别伤她，我，饶你一命。"穆禅指着我，对隐砂说。

隐砂愣了一瞬，哈哈大笑起来，九天肃杀，高墙战马，隐砂的笑声飞沙走石般于疆场上回荡。

"好，想要我的皇后，必须同我单挑。"隐砂住了笑，天地一时寂静无声。

我一身白衣，脸覆薄纱，立于隐砂身侧，风吹起裙角，我咬唇瞧着隐砂同穆禅二人摆开阵势，对战沙场。

"陛下，不可，这楚王百步穿杨，力可拔山，陛下敌不过他，切勿中计啊。"穆禅身边的一名将士起身请命，穆禅一挥手，示意将士下去，将士愤愤地退了下去。

高手对峙，剑气如虹，拈花摘叶，十步杀人，百步分剑，眼前无风，沙尘自起，突然，人群中一箭射了过来，直直朝隐砂射了过去，一切，戛然而止。

那一瞬间，我脑海里闪过的，不是洞庭楼前的初见，而是隐砂抱着我坐在九层高塔之上耳边吹过的亘古的风向。我痴痴地想，这些风是哪里吹来的呢，不知可有留下过哪些不知名的思念，不知我那一刻若有似无的悲浅情愫，会否随着风，吹到若干年后的某个时空，吹乱某个人的思绪。

那个陪我寂寞的人，我忘不掉。

朝代更迭，自古不曾休，成王败寇尽付水东流，情之一字，再难说回首。

我一下挡在隐砂面前，一箭穿心。

耳边的一切都寂静了，我看见穆禅急急地下马，我看见隐砂血红的眼，天上的一抹残月渗着血般的红，老人常说，人死的时候，天上的月亮，是会变红的，老人，还真是不骗我呢，可是，没有老人告诉我，这一辈子，到底要如何，才能不辜负两个人，到底要如何，才能紧紧地抓牢对的那人的手，然后，再也不放开。

这辈子，我怕是没有机会了吧。

下辈子，如果有下辈子，你们都不要遇到我了，好吗？

我躺在隐砂怀里，隐砂的怀抱很温暖，我好舍不得，可是，我就要走了呢。穆禅抓着我的手，跪在我的面前，我认真地看着他，他长出了胡须，变得刚毅了不少，再也不是初见的那个少年了，可是，我知道，可是，他一直是我记忆里的那个穆禅。

"穆禅，"嘴里一口血喷出，我毫不在意地对穆禅笑，"穆禅，你看，我果然是祸水呢，我做了周国的皇后，周国便败了，而你，是做大事的，你去成就你的天下，以后，别念着我了吧。"

身下的砖那么冷，而我的身，渐渐被这冷浸透，这砖，走过多少人，经历过多少繁华后的衰败，又看过多少悲欢离合。天边有狼烟起，炫目得像隐砂放给我看的烟花，而这烟花下，又发生过多少事，最后，都变成了浮尘一梦，消散在这风雨中呢。

第四笺

梨白落尽月又西

而今才道当时错,心绪凄迷。红泪偷垂,满眼春风百事非。情知此后来无计,强说欢期。一别如斯,落尽梨花月又西。

——纳兰容若

流光飞影，多少故事落下帷幕，藏于历史深处，徒留花雨空落。

一

西秦开国数百年，帝王已更迭五六代，人民安居乐业之余口耳相传着一个故事。

传说，在落花似雨的季节，会出现一个男子，男子一身黑衣，长发垂地，他会游荡在西秦的每个角落，出现在每一片飞花柳絮之中。

据一些长寿的老人留证，该男子是本朝开国帝王，未夜。

未夜为了寻找前朝公主，死后魂魄不散，一直舍不得离开这片土地。

那位前朝公主，是未夜的结发妻子。

佳人早已难匿踪迹，化作青烟一缕，飘入史书深处，泛黄的书页一页一页翻开，岁月的篇章往后倒页，被一股神秘的力量重新带回了那个战火纷飞的末世年代。

百年前，西邪国君昏庸无能，人民在其统治下苦不堪言，又恰逢天灾，干旱过后洪水肆虐，民不聊生。

传言纷飞，西邪末世将至，各路英豪倾世而出，很有一番群雄逐鹿的味道。那是一个英雄辈出的年代，有文有武，有神机妙算，亦有绝世神功，而其中最为引人注目的便是七邪之首——未夜。

未夜是谁？未夜原是西邪的大将军，年仅十余岁便立下赫赫战功，是举国骄傲的人才，很得国君器重。

末世国君看他一表人才，眉目清明，为值得托付终身的良人，或者是想拉拢也不尽可知，但众所周知的是，一纸令下，他便迎娶了当时最美貌、最得宠的凝若公主。

世人都道，那是一个天造地设的组合。

金童玉女、才子佳人之类的词都是形容尘世间的佳侣的，那样两个人站在一起，是天人，是什么词都不能够形容的。或者，只能说是完美了吧。

是的，是完美。

可惜，世间从来就没有完美这一说法，遗憾，才是永恒。

遗憾的是，未夜并不爱凝若。

哪怕之后如何的挽留和心伤，至少当时，的确是不爱的，不仅不爱，他甚至是做了很多伤害她的事。比如，号令群雄，一举击败本已腐朽不堪的西邪王朝，其中，还利用了这位什么都不懂的小公主。

凝若公主嫁给未夜将军时只是一个不足十五岁的小姑娘，什么都不懂，正是对爱情充满向往的时候，很容易地，便喜欢上了这位年少有为又魄力十足的将军，可惜的是，这位将军却是不喜欢她的。

成亲的那晚，未夜并未与凝若圆房，她当时虽还不大懂闺房之事，却也隐隐地感觉到什么，婚后做事很是小心谨慎，从未惹得未夜丝毫不顺心。

这姑娘是举国最受宠最貌美的公主，按理来说，是最有资格被养成一副骄纵的刁蛮公主相的。可是她不，她偏性子温和，为人懂事谦逊，从未有一丝的刁蛮任性存在，虽是这样，未夜依旧是不喜欢她。

少年成名本领通天又身处乱世，这些无一不让心气高傲不甘人下的未夜蠢蠢欲动。彼时，少年血气方刚，很是想闯一番天地，是以并不大瞧得上这位腐朽王朝的公主，那时，他喜欢的是另一位性子泼辣的异族女子。

所以，当那位异族女子对他说，"未夜，你这般英伟，又如何能屈居人下呢？我看这个国家也不能长久，你莫不如一举将其拿下，自己做了那国王得了。若是这般，我便嫁于你可好？"

当年那女子巧笑倩兮的玲珑模样，未夜后来已记得不甚分明了，甚至连她的长相都给忘了，但那一刻他蠢蠢欲动的心情，却是时刻灼烧着他，以至，每想到那时，便痛恨不已。

那时，一腔抱负的未夜没有任何疑惑、愧疚地应允了。

未夜想到了那个对他死心塌地的姑娘，心生一计。

二

那夜，他对她用了十足的心力，温柔至及。当他看到情窦初开的少女娇羞不已，不疑有他，将那样美好的姿态交付与他，他的心竟是悸动了。

那不是他的第一次，可他却像一个少年般矜持，他在她的身上微微地颤抖，看到身下她羞涩的眉眼似烂漫的山花般美好时，他真真实实地害怕了，他害怕，害怕有些不该发生的东西会发生。比如，暗自滋长的，他对她的爱。

他要遏止，她是这乱世公主，而他将是结束这腐朽王朝的英雄，他没有义务保卫这个快崩塌的王朝，他没有义务对那昏君愚忠。所以，他不能对她产生感情，一点都不可以。

是的,他是英雄,如此冷血,如此霸气,能够斩灭一切自己不想要的感情。那夜,他与她极尽温存。凝若公主是那么善良单纯的姑娘,所以当他对她那么说时,她便信了。

他说,"若儿,如今我们大邪动荡不安,贼人辈出,若不斩草除根,则国体动荡,统治势必会受影响。"

看着她美好的容颜,他有一瞬的不忍,但骨子里的刚毅还是战胜了那刚刚萌芽的感情,他听见自己故作镇定的声音在耳边回荡,"若儿,我想挥军南下,一举歼灭那些威胁大邪统治的乱军,你去与父皇讨要兵符可好?"

她不懂,那时的她什么都不懂,只知道他说什么,她便柔顺地照做。甚至,她还以为自己的夫君是个顶天立地、为国为家的大英雄。当她满脸兴奋地从皇宫回来,献宝似的向他捧上那个小小的,却足以号令所有军队,将任何一处夷为平地的兵符时,他凝视她许久,终是接住了。

他知道会成功,这件事除了她,除了她那么受宠的凝若公主,谁都做不来。他知道西邪国君对她的宠爱,也知道她对自己的依赖,所以,他这么做了,所以,他成功了。

那夜,京城里的火光将半边的天都染红了,七支反军结为一体,拥立未夜为首,一举攻下皇宫。彼时,离他拿了兵符离去的日子将将一月有余。

当他身披盔甲犹如战神般地俯视着匍匐于脚下的西邪君主时,他听见那个懦弱的男人颤抖着声音说,"驸马,哦,不不,未夜大王,看在小女凝若的分上,你可否饶了我,饶了我们这一皇族的人?"他低着头,如此的卑微。

未夜原本是厌恶他这般唯唯诺诺的，一国之君，脸都被他丢尽了，但不知为何，在听到凝若的名字时，他原本躁动不安，因杀戮而越发狠绝的心竟然柔软下来。他想到了她在他身下美好的身姿，以及听到她轻轻唤"未夜"时，他心底被撕扯般的微微疼惜。

他想她，他如此的想她。

现在，他亡了她的国她的家，那么他就再还她一个更鼎盛的国，再给她一个更温暖的家，可好？

他嘱托人安顿好了旧时皇族，一个未杀，全部都好好地养着，还为他们另选了一处宫殿，那般的华美恢宏，他要将他们衣食无忧地供养着。

他急急地走向旧时的将军府，他知道凝若在那儿，一路上，心是惴惴的，从没有一刻，他是如这般急急地只是为了等一个答复，为了听她的一句回答。他想问她，"若儿，我给你一个更美的国，更好的家可好？"

朱门开，旧时情景纷呈来，容颜依旧在，只是，往时心念却已改。

他见她微微一笑，仪容万千，俯身盈盈说道，"多谢大王不杀之恩，罪国公主凝若愿带发修行，为旧朝赎罪，为新朝祈福。"

千言万语，倾世霸王未夜的那些悸动的情怀，皆化为一抹浅笑，他听见自己说："如公主愿"。

如斯骄傲的霸王，血性少年，大器初成，是有多么骄傲的自尊，容不得自己有些微的羸弱，哪怕是在他如此爱惜的女子面前。

后来，他成了西秦的始皇帝，千古霸业的开创者，亦立了当年心动的那位异族女子为后。

那是一个带有巫术的女子，他的一身巫术便来自于她的倾心传授，而当年名动一时的国师也是出自她的举荐。俗话说，打江山易守江山难，可未夜无论是打江山还是守江山都轻而易举，除了他自身的能力外，就是还有这位皇后的功劳了。

她与他，倒也真真担得上是，佳偶天成。

可是，那个淡淡的，美好的女子一直生活在他的心里，那是他唯一爱着的女子，那是他，一位帝王，心里最柔软的存在。

可就是这样一个最柔软的存在，还是要消失的，那是作为一个帝王的，无法避免的悲哀。

是那场瘟疫。

三

后来的未夜想起这一切的起源，不见了更多的情绪，只剩唇边轻轻溢出的一抹浅笑，那抹浅笑藏着苦涩，溢满了数百年浓重的哀伤，最后被风吹散。

那场瘟疫是一场浩劫，是的，那是一场，几百年后的居民只要一想起都能颤抖的浩劫。

当年，这场浩劫不仅差点让西秦的江山毁于一旦，还让未夜永远失去了她，失去了那个淡淡的美好的女子。

是他未夜杀戮太多，又关她何事？是她父亲自己昏庸无能，造孽无数，为何又要她来偿还？她，只是个什么都不懂的单纯的小公主。

建国初年，建安一带发生了一起惨绝人寰的事情，这件事让举国都惊呆了，其影响甚至直达朝堂，传到了未夜的耳朵里。

说是建安一带有一户很是恩爱的小夫妻，两人平时同进同出，举案齐眉相敬如宾，是一对人人都羡慕的夫妻。但也正因为此缘故，才让后来的事情变得那么不可思议，甚至是毛骨悚然。

有一天，邻居去他们家串门，刚到门口就见着那位相公发了疯似的拿着一把镰刀追着妻子，原本这邻居以为是小两口闹着玩，就饶有兴味地看，也没阻拦，及至那位夫君猛地砍向自己的妻子，随后扔了镰刀，一把掏出倒在地上的妻子的心脏时，他还是保持着那等看戏的姿势。

直到那位相公"滋滋"地嚼着肝脏的声音传来，那位邻居才回过神来，他颤抖着双腿，连滚带爬地边叫边喊，"杀人啦，吃人啦……"

等到一干群众胆战心惊地扎着堆推开那扇小门时，见到了血已干涸，早已死去多时的妻子躺在地上，她的胸口有一个大大的窟窿，众人皆惊，想逃走。

还是那位邻居，拉着一干群众，颤颤巍巍地指向高悬于房梁上的，也已死去的相公。经检查，妻子被一刀毙命，死后为人剜心，相公乃自杀。

这是一个不大不小的事，一干民众很是乐于茶余饭后咀嚼感叹唏嘘一番，但对于建国之初的未夜来说，这只是一件出奇的小事，他并未放在心上。

也是这个没放在心上，他遭遇了生平最大的一次打击。当境内发生十几起类似的案件时，未夜开始重视了，但是，也已晚了。

第四笺 梨白落尽月又西 63

瘟疫传播的速度非常之快，不出一月，举国已有三成人士感染，感染者的症状便是精神迷糊，有一种强烈的伤害身边亲人的欲望，直至剜出亲人的心脏才会清醒。

越是所爱之人，对感染者吸引越大，正因为此，清醒之时所面对的悲痛也越巨大。很多人，在感染之初便自残手脚，他们，不想伤害自己的所爱之人。

世人都知，当年那场瘟疫是国师平息的。

那位同样是少年英才的国师，在追随霸王未夜之初便屡立奇功，最为外人道，也让他流传千古的，便是这场与怨灵的战争。

是的，是怨灵，是那些原本在西邪末君的昏庸统治下悲惨死去，以及建国之初，死于战争的怨灵，造成的这场旷古绝今的瘟疫。

那个年代，死的人太多太多，本就是血雨腥风的时候，旧朝腐朽统治下的冤鬼，新朝建立之初的孤魂汇成一缕怨气。每个孤魂，都有放不下的东西，可他们再没有追寻的机会了，于是他们选择掠夺，掠夺这世上所有的美好。

那抹强大的怨气聚集聚集，聚集到最后，便成了魔魇，落在每一个现世之人的心上。他们怨气太重，想毁灭一切的爱与美，所以，这世间，便有了那场瘟疫。

那么强大的力量，是可以毁天灭地的，少年国师的力量，并不能战胜。但他，有法子可以战胜。

他宽慰地对焦虑的君王说，"皇上别担忧，我有办法可以消灭他们。"

未夜是担心，但他担心的却不是国师所以为的那般担心。他担心的不是天下苍生，而是，他怕他也会感染，他怕他会伤害到她。

这时的他，已成长到愿意为了她放下他所有的自尊与骄傲。

是的，他长大了，经历这么多年他也该长大了，他不再是那个血气方刚，只知建功立业，保护自己尊严的少年将军了。他爱她，爱到可以为了她抛弃一切，包括尊严和天下，他要让她知道这些，不管她是拒绝还是接受，他都要让她知道。

是以，当听到少年国师那般说时，他略略放下心来，也渐渐坚定了要让她重新接受他的心。

那天，国师说会解决这一切，让他看到奇迹。他便想寻了她来一起观看，也想，表白心迹。

可惜，天意弄人。

很多年后的未夜依旧记得，当时自己在那片漫漫花海中等她时，内心如少年般的紧张与激动。

他带上了那根箫，他记得她最是喜欢吹箫，他还为她谱了一首曲子，叫《凤求凰》。他想对她说，他爱了她这么多年，只是因着自己的尊严而不承认，现在，他甘愿为她放下一切，只为博她一笑。

远远地，他见到她来了。还是那么喜欢着红衣，他轻轻地笑了，想她本是淡雅如菊的女子，却偏偏爱这牡丹的色彩，倒也是配她，在他心里，她穿什么都是美的。

"若儿……"未来得及说下去，他便见着她施施然地请安，淡淡地说，"皇上，罪臣之女是来辞行的，谢谢皇上对小女家人的照顾，小女感激不尽。"

她没有抬头，他死死地盯着她，想要拼命捕捉她声音里的波动，但是，平静无波。没等回答，她转身就走了，从头至尾，他没有看过她的眼睛，他想看一看她的眼睛，他很想捕捉她的心。

他想知道，她为何不给他一个机会，纵使自己亡她国家，却并未伤害她家人分毫，她又为何这般冷漠。

但是，千言万语，他说不出口，情到深处，便只剩无言。

万般心，千般意，轻举冷箫浅触唇，与那飞花流云一道，化为历史深处的一曲《凤求凰》。

未夜不知道的事情有很多，比如她低头时泪盈盈的眼，比如她落于桃林深处的泪，又比如，那场瘟疫的终结。

后来，未夜终于知道了国师的方法。

那是，在凝若离去之后。

四

凝若是前朝公主，是当朝皇帝最爱的妻子。别人不知他对她的爱有多深，即便是她，都不知道，可那些孤魂知道，天天同床共枕的皇后知道。

皇后是异族女子，原同国师师承一人，是为师兄妹，虽然她的术法远远不如少年国师，但是，解决问题的方法，她却是能想到些的。她想到了，用凝若的魂去祭奠那些亡魂。

是的，没有人比凝若更合适了，她是两朝帝皇最爱的女子，这数年的杀戮用她的魂灵祭奠，再合适不过。

于是，她将这一切告知了凝若。那个本已决心常伴青灯古佛的女子，那个本已决定远离尘嚣的女子，在听到这些事情的时候，并未言语，她只是微微蹙了蹙眉，远远地望着窗外的寒月，轻轻，点了点头。

她穿上了许久不穿的红衣，赴了他的约。

那时，她终于看见了他眼里浓浓的爱意，她终于知道他那些未说出口的话。可是，她还是听见了自己淡漠疏离的声音，她，听见桃林深处传来的箫声，伴着纷飞的落花，伴着她的眼泪，一同滴落在她的灵魂深处。

那天回去，她便躺在了祭台上，一身血红的衣衫，像个新娘却是个嫁给魔鬼的新娘。少年国师有所不忍，但为着天下苍生，他还是施下了他一生最是不舍，也最是后悔的法术。

至此，她的一抹芳魂，便彻底散了，世间所有的怨气，亦散了。

原本乌烟瘴气的天空渐渐清明，苍茫的天，透出一丝光亮，人们满街地欢呼，奔走相告，人间，终是再度可以有爱了。

就在这时，云间悄然飘下一朵红色的花瓣，渐渐地，第二瓣，第三瓣……顷刻间，天空已是漫漫一片花海，人群惊奇地看着这场突如其来的纷纷落下的花瓣雨，入眼一派明净，但见漫天飞舞。

人人都忘记了悲苦，像纯澈的孩童般伸出手来，满目虔诚地接受这片美好的洗礼，漫天的嫣红，洗净了这世间最后一处的阴霾。

未夜怔怔地立于花海之中，举手，瞧着掌中那一片片细小的花瓣，迷茫中，竟看到了她在自己身下时，如花瓣般害羞美好的容颜，一滴凉凉的东西滑下，抬手拭去，发现竟是泪水，满心的悲伤，不能自抑地蔓延开。

皇后自身后走来，轻轻给他搭上一件龙袍，抬手拭去他满脸的泪珠，他故作幽默道，"皇后，寡人这是怎么啦？不会是见着你待寡人这么好，感动落泪了吧。"

转身，见到皇后欲言又止的脸上写满悲哀，他听见她说，"皇上，瘟疫没了。"

"那是好事啊。"他扯扯僵硬的嘴角，不知为何，竟是笑不出来，自己今天是怎么了？

"陛下，是臣妾私心太重，妄想得到皇上所有的爱，所以，所以才不告诉她，才不告诉你……陛下，请您降罪于臣妾……"

平时那么冷静得体的皇后，此刻却于瞬间泪流满面，像是被抽光了力气般地倒在地上，连说话都断断续续得了。

但是，他却能懂。

对所爱之人本就是心灵想通的，原先，他以为是她的离去让他心伤，现在，他终于知道让他心伤的原因是什么了。

她，她可能是真的离去了。

西秦霸王未夜，千古一帝未夜，从没有一刻是那样的害怕，从没有一时是那样的无力，就算是马革裹尸，浴血疆场也不曾让他这般惊恐过。

他听见自己近乎撕扯的声音自喑哑的嗓子里发出，血红的眼睛尽是绝望，他抓着皇后的衣领怒吼，"她怎么了？你们把她怎么了？"

皇后双眼全是呆滞的色彩，连悲伤都没有了，她机械地回答，"她，魂魄与怨灵一道被封了，要百年后，待怨气散尽，方能重新投胎……"他一把放下皇后，任她失魂落魄地瘫坐于地上。

那时，他什么都看不到了，他的眼前，他的心底，全是她浅笑的美好，全是她隐忍着声音，嘤嘤叫他"未夜"时的羞赧，全是她眉间清浅的无奈，全是她落在自己心底的泪滴……最后，所有的一切都不见了，眼前只剩一片嫣红，只剩漫天的红花炫舞倾城。那是，她在用她所有的美好净化这个世间的肮脏，那，是她的魂灵。

可她，却未等他。

他拼命地往祭台跑，他，是在用生命去追她，追那个至纯至善的女子，追那个他心心念念，爱了一生的女子。

我的一生，没有你，已然没了意义，可是，可是凝若，你知道未夜爱你吗？你知道，未夜一直爱你吗？

她终究是不知道了。

当未夜赶到祭台时，天边最后一片花瓣业已落下，他看到空空的祭台，他看到满脸歉意的少年国师，他听见他说，"她已经去了。"

少年国师不忍看他木然的，犹如被掏空了心般的模样，别开头去。

"她的，遗体呢？"良久，少年国师听见他艰难地发出的声音，像是几百年不曾说过话般，嘶哑、暗沉的声音。抬眼，见到未夜，当年意气风发，少年成名的帝皇，竟似突然之间苍老了几十岁。

"那场花雨，便是她的遗体所化。我不知道，我原先并不知道会这样，她失魂后，我原想将她遗体交付与你，却不想，不想她的身体自动幻化成了那片花海，散落大地，净化了这世间剩余的怨气，我本欲施法，现下，却是不用了……"

还欲说什么，见到未夜失魂地走向祭台时的模样，终是什么都说不出口了。

未夜终究，为他的年少轻狂付出了一生的代价。

他年少成名，战功赫赫，只手开创一个独立的王朝。他有名臣辅佐大业，有美人红袖添香，可那又怎样？

在宫闱寂寂的春宫深处，再也没有那个人嘤咛着叫他一声，未夜。

后来的很多年，未夜一个人看过大片的花海，走过无穷的沙漠，一个人找了很多很多年，一直到他化为一抹游魂，他还在她消散的这片土地徘徊。

国师说，她百年之后方能投胎，也罢，自己就等她百年，与她一起再入这红尘。

他再也不要错过她，上天入地，他一定能许她余下的生生世世一个圆满。

而今才道当时错，心绪凄迷。红泪偷垂，满眼春风百事非。

情知此后来无计，强说欢期。一别如斯，落尽梨花月又西。

宏图也好，大业也罢，春光甚好，终不敌你一笑，而我，到如今方才知晓。

第五笺

天上富贵牡丹花

非关癖爱轻模样,冷处偏佳。别有根芽,不是人间富贵花。谢娘别后谁能惜,漂泊天涯。寒月悲笳,万里西风瀚海沙。

——纳兰性德

一

牡丹小妖富贵在她两万四千岁本命年这一年经历了一系列霉运之后，终于迎来了三道天雷齐加身，"轰隆隆"一阵过后，华丽丽地披上了件金丝铁甲衣，飞升成仙，加晋牡丹仙子一职，统领众花仙。

富贵飘飘荡荡地飞升前，颇严肃地正了正头上的花冠，对着一众小花妖一本正经地交代了一番，一头繁重的头饰衬得她那张刻板端庄的美人脸愈发珠圆玉润。

站在天帝面前谢恩的时候，天帝摸了摸那把貌似从没剪过的长胡须，八卦地对天母评价，"这仙子长得真贵气。"

天母狗腿地拍了句马屁，"陛下真英明，这小仙子名讳便唤富贵。"

旁边一众仙官哈哈大笑，纷纷附和，"仙子好福气，倒是形象，倒是形象，哈哈……"富贵依旧端庄地站着，表情甚是严肃。

但是此时若是连城上仙在这里，定是能用他的读心术读出富贵的心理描写，然后一贯地右手支在左胳膊上，捏着下巴，露出一抹玩味的表情。

连城上仙是天上出了名的男仙，因为他能帮那些情窦初开的小仙子看出她们的心上人对她们到底是有意还是无意，是以，很是有些人气，有时，连天母也要找连城上仙促膝长谈一番。

咳咳，天母自然不会是问自己。

这不，富贵的加冕仪式之后，天母就召小仙官玉皖唤了连城去。

彼时，连城正同一众小仙女在玩游戏，脸上贴了好几张白纸条，原本仙风道骨的一张俊脸颇有些滑稽搞笑。

"上仙，上仙。"玉皖圈着手，叫了好几声，连城才从一众小仙女中抬起头来，然后胡乱地撕了脸上的白条，捏了个诀，一身皱巴巴的衣服就又平整异常，仙气飘飘了。

"玉皖，采离仙子今日心情不错，不必多加挂虑。"连城瞥了一眼玉皖，轻飘飘道，玉皖一张脸红得比紫琼仙官放的那霞更甚。

一路上连城上仙直送了八个秋波，四个飞吻，到天母的寝殿前，玉皖偷偷瞧了眼连城上仙一直带笑却仍收放自如的脸，直暗叹厉害。

天母金光闪闪地坐在高殿上，"连城上仙，本宫直瞧你近来是愈发地如鱼得水啊。"

连城随意地弯腰叩了一叩，"娘娘谬赞了，娘娘您才是貌美如花，愈发娇媚了，天上的一众小仙子都被您给比下去了啊。"

连城弯腰的时候偷偷抬眼瞄了下天母的脸色，以前但凡说到此句，天母都笑得花枝乱颤，今儿个却有些异样，轻轻扶额叹了口气。

"恐怕，也只是连城上仙这么觉得吧，本宫到底是老了啊。"

连城嘴角抽了抽，其实他想说他也不这么觉得，这不，您老人家权力大吗，到底也只是想想，连城撸平一张嬉皮笑脸的脸，严谨认真道，"不知娘娘为何事烦忧，连城可有法替您解忧？"

天母风姿绰约地朝连城招了招手，连城飘上前去，然后如此这番，被耳语一番。

二

连城第一次见到富贵的时候吓了一跳,天上的小仙子们一个个仙风道骨,骨骼清奇,他还没见过如此丰满,额,不,华贵的仙呢,怪不得天母说富贵身上有后宫之主的气质,让他来好生看着呢。

此番,富贵正在指挥一众小丫鬟整理自己的寝殿,淡定从容的气度异常不凡,连城虽被灼得刺眼,还是撸了把并不存在的胡须装模作样地点头赞同了一番,这小妮子,怕是长辈都爱的那款媳妇吧,不过天帝也没有啥长辈,他自己就是嘛。

点评完之后,连城念起了咒语,估摸着这么死板淡定的仙脑袋里应该是一片空白,最不济应该就是想些天庭条例,连城此生最讨厌死板的东西,是以,边念咒语准备窥探我们富贵仙子的心境,边注意力开始被花园边的一只花蝴蝶吸引了。

"这些人怎么能这么笨,急死本仙子了,真想一脚踹上他们的屁股。瞧这些个矮个子仙子,穿的什么呀,鞋子那么高,做的了事情吗,哼……"

连城上仙脚下一滑,差点摔倒,什么,她在说什么?

连城仿佛不相信自己的耳朵,赶紧用手搓了搓,往前凑了凑。

"这个花瓶这么好看,估计得值不少钱吧,哇这个天庭这么有钱,这下本仙子发达了……"

掩饰不住兴奋的声音继续穿过连城的耳朵,连城不可置信地揉了揉自己的眼睛,又往前走了两步。

没错，就是那张呆板的脸发出来的，这么夸张兴奋、满嘴脏话的声音。

连城此生听过无数仙与人的心声，即便有个把人或仙很是虚伪，但他从没见过一个仙表里反差那么大的。

那个声音还在继续着，看来还是个话痨，只不过突然由兴奋变成了不满，"这傻不愣登的仙谁啊，干什么盯着本仙子看，本仙子脸上有东西吗？一会儿回去赶紧照个镜子。"

傻不愣登？老半天连城才想起来说的是自己，刚才一不留神离她近了些，被发现了。

既然被发现了，躲也不是良策，还不如出去打个招呼。

连城自认一表人才，风流倜傥，天上的小仙莫不被迷得团团转的。

"在下是掌管礼乐的连城上仙，这位仙子好生面善，不知是何时飞升的？"天宫无风，连城暗自捏了个诀，吹来道风，直吹得连城发丝飘扬，衣袂纷飞，连城自我感觉甚为良好地微微眯着眼。

"这男仙也太骚包了吧，长得尖嘴猴腮，还没隔壁的昔瞳哥哥帅呢，就在这儿瞎自恋，啧啧啧，瞧这道歪风……"

连城小腿一虚，差点被气晕了，好在及时稳住了。

抬头刚想质问，瞧见富贵刻板着一张脸，款款施了个周到的礼，"上仙有礼了，小仙富贵，适才飞升，还未来得及去给上仙报备，劳烦上仙了。"

那姿势，那语气，恁是连掌管礼乐的连城，也挑不出丝毫的错处。

连城气得一甩袖子就走了。

事后，连城想了想，好像还是自己太没礼貌了，毕竟人家只是想想，也没明面上得罪他。

"太乙，你说我现在还应该死皮赖脸地跟着她？"连城叼着根狗尾巴草蹲在草丛里捉蛐蛐。

太乙真人斟了壶酒在石桌上睥睨着他，"那你说呢，娘娘命你看着她，要是她与天帝看对眼，真成了那什么后宫之首，天母在下台之前，恐怕就没你什么事了。"

连城抱着头抓狂，"我真的要看着她，真的要看着她吗？"

太乙真人淡定地点了点头，连城呜呼一声，倒在了草丛里。

其实富贵这人还是不错的，这是在连城跟了她好几天之后得出的结论。

比方说，富贵会在小仙官们忘记给花园的花浇水的时候去浇水，虽然总是因为力道把握不准，把那些还没成型的小花仙们淹的够呛。再比方说，富贵每天都要下届去掌管百花的盛开与凋零，有时候碰上摔倒在地的老树精啊谁的，还会扶起那些妖，比方说这位。

哎，不对啊，你扶就扶，扶完就得上天庭复命啦，跟着老树精走是个什么意思啊。连城好奇地看着，赶紧念咒语，看看这牡丹仙子到底在想什么。

因为读心这个法术比较耗力气，是以他都是省着用的，最近全都耗在这牡丹仙子身上了，连城那颗蠢蠢欲动的八卦心被憋得甚为不满。你要不让我看到个大八卦，看我不饶了你，连城略有些期待。

还真是个大八卦。

连城颤着个手，于暗处哆哆嗦嗦地指着眼前的富贵，此番，富贵正在树洞里，给一个非常帅气的男精脱衣服。

莫不是，在与那树精双修？

有辱斯文，有辱斯文，简直是有辱斯文，连城气得胡子都翘起来了，哦，诚然，连城并没有胡子，他只是很愤怒而已。

想他是堂堂掌管礼乐的仙哎，在他的眼皮子底下居然有人做那道德败坏的事，还是跟一个树精。不行，忍不了了，他连城可不能在这儿蹲墙角了，必须去教训一通！

诚然，连城并不想做那些个坏人好事的人，是以，他眼睛一闭，脖子一横，一鼓作气地跳了出来，很是有些气势。

"喂，你们给我停住。"

半天，没有声音，连城眯着个眼，慢慢睁开，睁到一半，陡然睁大，一双狭长的凤眼硬是被撑成了星星眼。

咦，画风不对啊，这两只野鸳鸯不应该是衣衫不整一脸娇羞的吗，怎么现下，现下，是这副模样？

连城揉了揉眼睛。

富贵正端庄刻板地坐着，维持着给那个男树精喂汤药的姿势，那个男树精身上裹着一层厚厚的白布，一看就是重伤未愈。

"啊，哈，哈，失误，失误，你们继续，继续……"连城干笑，挥挥手想走。

"不知连城上仙近日一直跟着富贵所为何事？如若有什么指令，告知一声便可，富贵定当遵守，不敢有劳上仙窥探。"富贵仙子刻板着一张脸，面无表情地说完这"窥探"二字，便继续给那男树精喂药。

那男树精长着一张倾国倾城的脸，轻飘飘地瞥了一眼连城便别过眼去，连城这么大个帅哥站着，直接被华丽丽地给忽视了，一张俊脸憋得通红，站也不是，退也不是。

老半天，富贵终于把那碗看似很小，实则漫长得让连城度日如年的药给喂完了，连城讷讷地，"额，本上仙恰巧路过此地，得见仙子，是以来看看有没有什么需要帮忙的。"

"哼，路过，瞧你那猥琐张望的样子，扯谎都不知道扯个像点的。"一道轻蔑的声音传来，连城咬紧一口银牙看过去，富贵正盈盈地施了个礼，端庄无比地款款道，"多谢上仙关心，小仙并无什么需要帮忙的。"

然后施施然地拖着自己的长裙，准备出树洞，那个男树精风姿绰约地挡住富贵，"丫丫，你不多待会儿？"

丫丫……连城心里乐开了花，这名字也太俗了吧，不过，这男树精好生直白，都不管他这个外人在，就如此赤裸裸，连城鄙视地撇了撇嘴，到底是男妖。

富贵轻飘飘地看了他一眼，然后对那个男妖说："树精哥哥，你好生养着，天庭还有事，富贵得闲再来看你。"

连城觉得，自己好像被富贵给华丽丽地反鄙视了。

出了树洞的时候，连城捏了个诀，一朵金光灿灿的祥云就飘了过来，连城得意地看了富贵一眼，却见富贵低调地腾了朵小白云在他面前飞远了。

富贵真真是个好仙子，他觉得自己可以禀报天母让她放心了，富贵定然是不会去同她抢老公的。

富贵诚然不会同天母抢老公，因为她老公实在太老，自开天辟地伊始就与大荒洪泽一同存在于这天地间，年岁老的都成古董了，天母这番实则多虑了，但是，富贵确实是有那后宫之主的命的，因为，老古董不会同富贵看对眼，但是小的不一样啊。

这不，连城刚同天母咬耳朵呢，太子急吼吼地抡着把斧头就杀进了金銮大殿，见到连城，太子干笑，"连城上仙也在啊。"说罢正了正冠帽，恢复了一本正经的样子。

"玉泽，你这番模样所为何事？"天母不满道。

"母上，孩儿刚在御花园砍那五万年的老树，不巧，太上老儿看了非要阻止，是以，孩儿来讨个许可。"

"玉泽，你可知那五万年的老树是我天庭的门面，岂能容你砍了，太上老君此番阻止的甚为有理，你不必请了。"

"可是那树挡了花，那花养得不甚好，蔫巴巴的。"

天母不耐烦地招招手，"那你让富贵仙子移一下不就得了，什么大事，犯得上砍树吗？"示意玉泽太子退下。

玉泽太子讷了半天，只得作罢，扛着个斧头，重重地踏步，又风风火火地走了。

天母与连城情不自禁地对视，半晌，天母才缓缓道，"上仙，你可知太子如此出格，所谓何事？"

连城思考了半日，决定还是说实话，"这个，太子，他或许是动情了。"

三

太子与富贵的感情传得轰轰烈烈，天庭的上仙乃至南天门扫地的小厮都要嚼舌根耳语一番，连城这两天尤为忙碌，被众仙拉着核实绯闻的真实性。

富贵远远地瞧见那白衣长袍的男仙，心里有些郁结，她走近两步，人群渐渐安静下来，然后扫地的小厮拿起扫帚，送东西的小仙子步履匆匆地端起托盘，作鸟兽散……

余下连城一人，有些呆愣地瞧着富贵，今儿个，她穿了件白色仙裙，倒减了那身贵气不少，可偏偏还是如此这般，额，丰满。

"连城上仙做什么要嚼富贵的舌根子，富贵自问并未有过攀附之心，也未做那出格之事。"

"仙子误会了，不是我……"连城暗道苦，他可就只跟天母说啊，哪知天母一听说富贵对她没了威胁，立马看那富贵的眼神就不一样了，喜欢得紧。

天母此番作为倒也有些渊源，只因那玉泽太子年已九万岁，同他一众大的，快的连孙儿一辈都有了，可他偏偏爱与那些个男仙混在一起，愁得天母生怕这唯一的儿子断了袖，现下好不容易出来个富贵，天母高兴地逢人便讲也实属人之常情。

"不是你又是谁，我听说连城上仙在这方面可是出了名的。"

话一出，连城愣了一下，这小仙子这番伶牙俐齿，倒是不演了。

不过他真的冤枉啊，他总不能说是天母说的吧，连城正打算把这苦水暗自吞了，富贵走近两步，一把拉住连城的衣袖，"其实，富贵喜欢的是上仙，上仙可别到处乱说了，伤了富贵的心。"

连城半张的口彻底僵住了，一只小精灵飞来，想从连城的嘴巴飞进去，被富贵一挥手弹开了，扑腾着翅膀战战兢兢地落在了池塘边的荷花上。

"上仙可曾记得依约泉旁的那棵草?"

依约泉?连城甩了甩头,回过神来,他当然记得,他可是在那里整整待了五百年啊!

那时,他随西天佛祖去听禅,哪知半路贪玩,被困在了东荒蛮境,天上一日,地上一年,蛮境又要长点,将近百年,待佛祖讲完禅才发现天上的使者丢了,急急赶来救援的时候,已过去五天,换句话说,连城这一困,就困了五百年。

在蛮境的时候,连城掉到了一个小池塘里,爬上岸的时候池塘边一株小花妖好奇地同他打招呼,那只小花妖还没开花,也没修成人形,是以,连城并不知道那是株什么花。

那真是他这辈子最狼狈的时候了,小花妖没见过什么世面,他就给她讲些天上的事,小花妖好奇地听着,不时露出"咯咯"的笑声,连城才觉得找回些许颜面。

蛮境荒芜,里面活物很少,五百年里,他都跟这小花妖絮叨了,小花妖生来就在蛮境,也没见过什么世面,基本上都是他在说,小花妖在听。

"时间隔得太久了,我记不得你的样子了,但是我知道你是掌管礼乐的上仙,后来打听才知道,原来就是你。"富贵面无表情道。

她原来就是那个小花妖,都修成仙了,连城颇有些欣慰,如此甚好,如此甚好。

"原来你是小妖。"

"你不记得你给我起的名字了,叫丫丫?"

好像是有这么一回事哦，因为小妖的枝丫比较多，连城便随口唤了丫丫，想不到她居然一直用了，他想起来那个男树精叫她"丫丫"的时候他还有些吃味，不禁有些汗颜。

连城欣慰地觉得，他好像蛮能接受这个消息的，嗯，富贵喜欢他的消息，他有些受用地原地踱了踱步子，眼前的祥云阵阵，紫琼仙官挽着个菜篮子，开始放云了。

"我走的时候给了你一个挂坠，还在吗？"连成盯着那些祥云，五彩斑斓，好生赏心悦目。

富贵睫毛闪了闪，没有答话。

"仙子啊，原来你在这里，南天门有个老树精，被拦住了，一直叫嚣着找你，说什么昔瞳不行了，你可认识？"

紫琼仙子驾着朵祥云停在他们面前，施施然对连成施了个礼，就腾云飞走了，紧随其后是向来不慌不乱的富贵，连成觉得有些不好的感觉蔓延开，思来想去，也招了朵云跟了上去。

"富贵，富贵，昔瞳不行了，你快些去见他最后一面吧。"

老树精一看见富贵便泪眼婆娑了，连成认得，这不是富贵之前扶的那个老树精吗？

富贵二话不说，便扶着老树精下了界，连成咬了咬牙，跟了上去。

树洞里的光景很是不妙，叶子全都蔫巴了，一棵青藤渐渐枯黄，富贵心里暗道一声不好，昔瞳哥哥看来熬不了多久，自己得快一些了。

赶紧取出一些从太上老君那儿求来的丹药，掰开昔瞳的嘴，倒了进去，昔瞳睁开眼，有些枯黄的眼色里露出些许光芒，富贵看着那张曾经风华绝代的脸，突然有些难受。

都怪自己，要不是为了助她成仙，昔瞳哥哥也不会精力耗尽，变成这样。

她还记得昔瞳吹着长箫自蛮境而下的样子，那副样子与连城连滚带爬地掉下来一点都不一样，后来到人间，去戏楼里听戏，有一个词叫作宛若谪仙，她想，应该改成宛若昔瞳，因为谪仙一点都不美。

可不知为何，她就是执着地想成仙，许是那时候年轻不懂事，觉得狼狈也是一种神圣，现在成了仙，昔瞳哥哥却命不久矣，她才忽而醒悟到，陪她最长的，却原来是将要远离的这个。

"昔瞳哥哥，你等我，我一定救你。"富贵眼睛有些酸，她不着痕迹抹了一把。

"真好。"

富贵看着昔瞳虚弱地闭了闭眼睛。

"真好，"他说，"刚认识的时候，你明明是个天真烂漫的小妖，却偏偏要装出一派老成的样子，后来，越来越老成，到最后我竟也分不清那个天真烂漫的丫丫是不是你了。"他看着她，"你，又开始像那个小姑娘了。"

连城依旧那般愣愣地站在洞口，他依稀记得在蛮境的时候，他与她吹嘘天上的仙，都是很严肃很正经，山崩地裂不变声色的大英雄。

每逢他这么说时，那个小妖就似懂非懂地挺直细弱的小花茎，装出一派沉稳老成的样子，然后他就会背过身去，偷偷笑，暗暗想，"没见过世面的小姑娘真好骗。"

那个小姑娘终于成了他嘴里的那种稳重刻板的仙了,至少表面上改不过来了,却发现,一切都是他的杜撰,天上的仙原来都不是那样的。

连城有些脸红。

富贵给昔瞳盖上被子,路过连城的时候,停顿了一下,"走了。"

没有叫上仙,连城心里一喜,跟上富贵,一路星辰烂漫,布置星辰的东耀星君正挽着个袖子在洒星星。看见富贵打了个招呼,"仙子,玉泽太子正到处找您呢,瞧那阵势,像是要把仙殿拆了,您赶紧回去吧。"

待瞧见连城的时候,眼睛滴溜溜地,连城瞧那八卦之意呼之欲出有些好奇,便礼貌道,"星君可有什么八卦想问连城的?"

连城自以为是个有素质的仙,非不得已不会随意窥探旁人心事,咳,若是旁人询问心上人自是非不得已的那种情况,是以,抵挡不住星君浓浓的探寻之意,问了出来。

"没,没,没什么,上仙好勇气,好勇气哈。"

说完,便"哈哈"一笑,继续撒星星去了,看的连城丈二和尚摸不着头脑。

连城回了礼司阁的时候半只脚还未踏进门,一道急速的劲风直直袭了过来,连城手疾眼快地接住了,回头一看,是双目赤红的太子玉泽,扛着把一人高的刀与他对峙呢。

眼前的礼司阁一片凌乱,瓦都被揭了,连城暗暗叫苦,好你个东耀星君,你怎的不说他原是要把我的寝居拆了呢。

连城嘴角扯出一抹笑,"太子为何如此杀气腾腾,连城自问没做什么对不起您的事情啊。"

"哪里没有,你且说,你刚刚是同谁在一起。"

连城暗道一声不好,太子是不是误会了什么,"适才,牡丹仙子她,她……"

"不必说了,本宫不想再听第二遍,我且告诉你,本宫这九万年来,就单单看上这么一个,你要识相,就给我离她远些,本宫自会让她移情许我一生,不然,本宫与你,老死不相往来。"

说完如出现时一样,神出鬼没没了踪影。

连城被这热血的太子一番横冲直撞,原地站了老半天没回过神。

四

连城上仙近来愈发沉默,连八卦也不八了,天上一众小仙子传言,恐是被那牡丹花仙伤到心了。

小仙官玉皖担着拂尘,喝退聚在一起嗑瓜子的小仙,看着远处钓鱼的连城叹了口气,他一路小跑,上仙居然没发现,玉皖看着鱼钩,小鱼精都绕着钩游,上面鱼饵都被偷吃光了,钓鱼的那人一点都没发现。

玉皖摇摇头,所以说情之一字最是磨人啊,他想了想织布的采离仙子,脸又红了。

"玉皖,此番前来所为何事?"

玉皖叹了口气,"天母说,上仙从前是一枚活宝,给大家添了不少乐趣,天庭离不了您,只是望从今以后,离不该近的人远些,还是一枚活宝。"

连城看着水面半天，回了句，"让天母放心，连城向来逍遥惯了，无心风月。"

玉皖还想说什么，见连城一副专心致志的样子，也没什么说的欲望了，回去复命。

天上的日子说来无聊，过得倒也快，每日发发呆，睡睡觉就没了。某一日，连城觉得自己了然间悟了些道，是以打算去西天同佛祖辩上两句。捏了朵云，没走多远，远远瞧见雍容华贵的富贵被一众仙子簇拥着，自身边而过，连城本打算避避的，却见富贵瞧都没瞧他一眼，恁是端庄地走了，连城一个人冷冷清清的，不禁感叹世道一日不如一日，这一身八卦之功无处施展了。

路过千霞山的时候一股瘴气卷来，连城一个躲闪不及，又被卷下去了。掉下去之前，连城骂了句娘，他怎么就跟这蛮境这么有缘。

眼前一片瘴气，连城一身功力减了不少，连城深一脚浅一脚地在瘴气中摸索，上次来掉在依约泉里，他记得离这里应该不远。

耳边一阵呼啸的风吹来，连城一个躲避不及，被一股大力撞倒在地，"走路不长眼睛啊。"一个清脆的声音叫嚣着。

雾霾渐渐散尽的时候，连城看清了，眼前是一个十七八岁的小姑娘，穿着身翠绿的衫子，长得甚是水灵脱俗。

"咦，你好生眼熟。"她歪着头看着连城，突然大叫起来，"上仙，上仙，你是连城上仙，你怎么又掉下来啦。"

连城好奇地看着她，自己认识她吗？

"不知姑娘是……"

"我是丫丫啊，你看，这是你给我的挂坠啊，你想起来了吗？"

眼前的姑娘拿着个水绿色的挂坠在他面前晃，连城脑袋轰隆一声，闪过富贵那张雍容华贵的脸，还有她的那句"我喜欢你"，她是丫丫，那她又是怎么回事？

"你，没出去？"

"你说得轻巧。"丫丫一屁股坐在地上，"这破地方，寸草不生地，你可知道我修成人形有多难，更别说出去了。"

连城觉得有些事要发生。先前富贵莫名其妙地同他说喜欢他，他只剩飘飘然，没有意识到任何不对劲，待玉泽扛着个大刀来拆他的房子他才意识到有些不对劲，后来富贵对他不理不睬，完全不复先前表白时喜欢他的意思，他才觉得自己怕是被骗了。

他原先觉得被骗也没什么，顶多是自己那颗纯洁的少男心被狠狠地伤了一把而已，没什么大不了的，现下阴差阳错地重新掉到这个蛮境，发现富贵这个丫丫根本就是假冒的，那么富贵，到底想做什么？

连城卷起袖子，开始爬山，丫丫一把拉住了他，"你干什么啊。"

"出去。"

"你这样不行的，你怎么跟富贵一模一样啊。"

富贵？

"富贵是谁？"连城炯炯地盯着丫丫，丫丫被他看得有些怕，连城一把抓着丫丫的肩膀，丫丫吓得往后退，"你做什么这么吓人，你跟以前的连城上仙一点都不一样，富贵要是看到一定不会那么喜欢你了。"

听到最后一句，连城彻底安静下来，"丫丫，你跟我讲讲她吧。"

丫丫见连城一副孺子可教的样子，立马嘟起嘴，掸掸灰，坐下，连城也一并坐下。

眼前就是那条依约河，这么多年没见，还是那么美。

富贵原是牡丹花种，偶然掉下蛮境，在依约河边扎了根，由于经受不住蛮境的瘴气，是以长得不好。丫丫天生便是依约河边的一株月桂，见牡丹可怜，便时常邀牡丹的精元附在她身上，她本体强壮，这样，牡丹可以好好修炼，而她有牡丹替她看护本体，也可以好好玩了，她俩便一直这样。

直到有一天，连城掉了下来，生活在了这儿，那时丫丫嫌连城是个话痨，便时常让富贵过来听他唠叨，连城由于失去大半仙力，也没发现一株本体有两个灵魂。

后来，连城走了，富贵整日发呆，差点枯死，丫丫看着着急，便让富贵干脆也修仙，富贵这才渐渐有了生气，也开始走上修仙这条路。

一个真正的仙人在蛮境中都无法施展仙力，更别说一个小妖想修仙，是以，富贵这条路走的甚为艰难。

后来，富贵终于觉悟，要是在蛮境，她永远修不了仙，所以开始想着出去，一开始这种想法等同于异想天开，但当树精昔瞳出现之后，富贵的愿望终于得以实现。

昔瞳特别喜欢富贵，见富贵苦苦哀求，便用了自己一大半的功力带富贵出去了，也就有了后来的那些事。

后来的事情丫丫并不清楚，连城猜了个七七八八，以他的资历，早就看出昔瞳功力散尽，本体不保，命不久矣，光有一口气吊着。

富贵那么容易修行成仙，怕是这个昔瞳出了不少力气，而救昔瞳的方法，连城也是知道的，那便是太子手上的那枚玉扳指，那是上古遗物，有补气续命之效。

他早该想到，富贵让人故意看见她与他表白就是想让他离她远点，之前奉天母之命一直跟着她，许是让她体会到了不安，她怕自己要偷玉扳指的事被他知晓，报告天庭，是以，只能用这种方法让他避着她。

连城心绪有些复杂，他蹲在依约河边许久没有说话，丫丫看得不耐烦了，"喂，你还想不想出去啊。"

"你晓得怎么出去？"连城惊讶地问。

丫丫调皮地眨了个眼睛，"当然，我是谁啊。"

然后，丫丫就卷起袖子，开始爬山，连城一头黑线，哎，还是这样，刚才他爬的时候她不是拉住他了吗？

丫丫白了他一眼，"我可不是要爬出去啦，看着。"她伸出一截白嫩的胳膊，朝一个凸起的石块够了够，然后使劲按了一下，头顶一片瘴气便渐渐散开，"昔瞳哥哥为了带富贵出去打了一个通道，我怕瘴气散了污了外面的世界，就做了个机关把小洞封起来了，但我以防万一，做了个活机关。"丫丫得意道。

连城觉得自己身体轻松了不少，一把拉起丫丫就往上飞，丫丫连踢带打，"放我下来放我下来。"

连城了然，丫丫不想出去，便同丫丫道了别。

丫丫老远对着连城叫了一句，"让富贵看开点，不要太执着了。"

连城看着她变成一个小点，渐渐消失，自己与富贵讲了那么多年佛理，不仅富贵没听进去，自己也讲糊涂了，反倒是这个小丫头，理解得最是透彻。

真是天上一刻，蛮境半年，连城自觉片刻不耽误，回到天上的时候，一切业已晚了。

牡丹仙子富贵，盗窃太子玉泽的玉扳指，替树精续命，两罪虽不致死，却因玉扳指已毁而触犯天条，被贬下凡，世世代代为人间牡丹一株，无心无感，永世不得修仙。

连城看着一望无际的天际，想起佛祖的一句话，一切行无常，生者必有尽，不生则不死，此灭最为乐。

五

牡丹花仙富贵来得突然，走得也突然，神仙们大都无聊，聊了几百年，也差不多忘光了事情的来龙去脉，比如此刻，两个小仙子就为那男精是不是富贵的心上人而争执起来。

"肯定是嘛，不然掌管众花的花仙为什么会为了一个男妖精而放弃前途啊，我听说那个男精很帅啊。"一个小仙官一脸星星眼。

"才不是，我听说，富贵喜欢的是连城上仙，只是为了向那男精报恩，之前太子还为这事喝过醋。"

连城？小仙官想起已从掌管礼乐变成月老的连城上仙，胡子一把，衣服也一点都不仙气，丝毫没有那半点倜傥样，不禁疑惑，天上都传闻那牡丹花仙富贵爱慕连城上仙，可这连城上仙怎么看都不是一副招人爱慕的样子啊。

哎，倒是太子，在富贵被贬后不久就娶妻了，太子妃是青丘的一位美貌少主。

一众小仙子在这里啧啧感叹，连城扯着一堆红线从旁边走过，小仙子们都噤了声。

连城后来下界见过富贵，依旧是一朵华贵雍容的牡丹，盛开在皇家花园，帝王后妃们都爱在她面前流连。

连城回到月老庙，拂过那把细细的线，线上又出现了一个结，连城耐心地将结解开，撸平那条细细的红线，线的一头赫然写着"牡丹富贵"。

"快来看啊，这只蝴蝶又飞回来了，它怎么风吹雨打都不走呢，一直在这朵牡丹上。"一个小公主好奇地指着花园的一朵牡丹。

"许是这只蝴蝶爱上了这朵花吧，皇儿快走，别打扰他们。"皇后一脸羡慕地看着那朵花，牵走了想扑蝴蝶的顽皮的小公主。

一阵风吹来，蝴蝶牢牢地抓着那朵雍容华贵的花，细碎的触角轻轻碰了碰她，像是情人之间互相触碰般。

连城想起昔瞳散尽道行之前找他时说的话，他说，"我道你们仙有许多清规戒律，但我们妖没有，从今往后，我只想陪她，永生永世，护她永不孤单，避她永不沾风雨，如果你念她对你那么多年的爱恋，帮我一把。"

连城看着红线另一头大大的"昔瞳"二字，心里仿佛被轻轻啃噬般泛起微微疼，如若不能陪你一生一世，那便让我护你永生永世吧。

你非那天上谪仙草，却永远是我触碰不到的人间富贵花。

第六笺

曲终人散数峰青

凤凰山下雨初晴。

山水清,晚霞明。

一朵芙蕖,开过尚盈盈。

何处飞来双白鹭,如有意,慕娉婷。

忽闻江上弄哀筝。

苦含情,遣谁听?

烟敛云收,依约是湘灵。

欲待曲终寻问取,人不见,数峰青。

——苏 轼

一　沾落一襟的泪，迷失了谁的眼

江南时节，隽秀的文字落下帷幕，传奇的大门开启，没有朝代，没有背景，徒留一阵轻烟薄雾，散于历史的记忆深处。

她本是大户人家的小姐，二八芳龄娇俏待撷的年轮，一晕浅红才刚爬上皎洁的脸颊，还未来得及氤氲，便似雾气般消散。一切一切的起因，只因人庸俗的贪念，但其氤氲出的花朵却也与淡蔼薄暮中，平添几抹色彩。

风云变幻，人心莫测，叶老爷才离世不过几日，所有罪恶人心立马现于嘴脸，只为那并非富可敌国却也富甲一方的家产。叶心，那个娇俏可爱的叶家小姐，叶家的掌上明珠，不知怎的就被人弄晕劫了去，下落不明。

那日，叶府从里到外白茫茫一片，哀号声一片，只见那挽幛里里外外挂了一圈又一圈。外面皆传言，叶小姐思父重，忧思过重一病不起，已去。

闻者俱是扼腕叹息，如花佳人且贤孝若此，竟是早早就去了。路人摇头走远，留下叶府小桥映流水，垂枝伴落花。只见那处秀丽别院与目光中渐渐消失，散于天际。

叶心，却最是无心，似叶般青葱欲滴的人，只是从小淡心薄情，此番父亲早逝又遭劫掠，那颗本就淡薄的心早就化飞灰散尽。

女子落于人牙子之手，不过两条路——要么卖于大户人家为妾，要么卖于青楼为妓。叶心被卖给了一家人家的少爷冲喜，却不知是幸还是不幸了。

这家人姓齐，这家少爷叫齐天齐，可惜名唤天齐，命却偏不与天齐。算命先生说，齐家少爷只能活到二十有五。算命先生还说，齐家少爷以后一定会娶一位叶家的小姐，临近县城尚未配了人的叶家小姐也就是叶心了。

也许算命先生说的这两句话本无联系，不过是安慰病重之人的无稽之言，可偏偏齐家老夫人就当了真：或者，娶了叶家小姐，我家齐儿的命就会改？齐夫人想着。

这一年，齐天齐二十四，若按那道士的话不过还有一年好活。那日天上的乌鸦落了整整一树，黑压压的一片，死沉沉地盯着齐府，齐夫人被看得毛骨悚然，背后发凉。但这还不是最令人心惊的，最令齐夫人担忧的是齐家少爷忽然吐血不止，那光景大有撑不过今日的架势。

正在齐天齐弥留之际，天上的乌鸦"呼啦"一声全散了，老夫人往门口一看，却是一个一身劲装的人扛着个姑娘走过，好巧不巧那姑娘就是叶心。老夫人觉得这是天意，立刻着人把刚醒过来还处在迷茫之际的叶心买下来，做了冲喜媳妇。

齐家天齐本是英姿勃发、风流倜傥的美男子。琴棋书画，文韬武略，无一不精无一不通。曾经的少年黑发如墨，眉目似画，气如谪仙，那句"倚剑赋诗世无双"全然便是为他而作的。可惜，那般的完美，也不过是彼时，现下他不过是个毛发尽失，浑身伤疤，还朝不保夕的残疾少年罢了。

叶心本是无心之人，当此境况自不会凄凄自叹，接受自己的处境，也是一瞬。只是，在得知齐天齐的曾经，她还是惋惜，若是从前的齐天齐，配她也足矣。当然，叶心还没见过齐天齐，这些只是听叶家的小丫头说的，虽是冲喜儿媳，齐老夫人对叶心还是很好，给她很好的吃住以及伶俐的小丫头。

明日就是成亲的时候了，叶心坐在皎皎明月下，低头思索。瑟瑟的秋风，凄廖的残月以及单薄的背影，勾勒成一副唯美的画。冥冥中，这幅佳画又入了谁的眼？

婚嫁简单又烦琐。简单的是娶，烦琐的是嫁。一切再正常不过，红灯红烛，敲锣打鼓。只是，吹吹打打的一日不过是叶心一个人的婚礼——一个人拜堂，一个人入洞房，入了洞房安静地坐在床上。

虽是无心，却能伤感，她需要一些时间去消化这委屈。正在愁绪如蚕丝般剥落之时，门口响起一阵"窸窣"声。叶心顺着盖头望去，却是见了一副轮椅。

那主人把轮椅推得极不顺畅，像是许久不曾做过这般劳作，抑或是从来不曾做过。待声音停下，叶心知那人已近在眼前，静默良久。叶心本是耐不住静的性子，一把揭下盖头欲发问，待看清眼前人，却呆住了。

那真是一个美人，头上戴着新郎帽，身上穿着新郎的大红喜服，不是齐天齐又是谁？那人眉如远山着墨画，眼似古井幽彻凉，鼻翼高挺秀中央，一点薄唇朱砂漾。唯一美中不足的怕就是坐在轮椅上了吧？哦，还有，还有那红艳的礼帽下，消失的，曾如墨般披肩的秀发。只这样，还远达不到传言中"毛发尽失、浑身伤疤、朝不保夕"的境地。

见叶心痴痴地望着他，那人却轻低首，脸绯红，略微有些手足无措。他酝酿半天，终归将他对她的第一句话说出了口："小生过来原是想着帮姑娘揭了盖头，怕委屈了姑娘……既然姑娘自己揭了，那小生就不打扰了。"他手放在车轮上，欲转身离去。

委屈？叶心鼻子一酸，倒真是委屈得紧啊！瞟见他那一脸嫣红，终是叹了口气，几不可闻。低眸，再抬起的瞬间，已是两种光景。

"相公，你若不介意我便这么称呼你吧，只是今日是我们大婚的日子，为何急着走呢？"清脆的声音，与美少年磁性的嗓音相和，倒也担得起佳偶天成。

下灯，落帐，一切那么水到渠成。窗外，残月倒挂，似一双冷冰冰的眼睛，嘲弄地望着世人。

二　流光飞影，年华匆匆

其实，齐天齐真是个不错的人，有男孩子的羞涩，有男人的刚强。半年间叶心有时对着睡梦中似小孩般单纯的齐天齐痴痴地想，不过，谁也不知道她在想什么。

这个无心的女子，因为皎皎如明月一般的容貌，她又是个可爱的女子，可以引起任何男子的爱恋。她懂得利用自己的弱点去引得齐天齐心疼，一直以来，她都做得很好，她能感觉齐天齐静默的爱意。可是，另一方面，她又在嘲笑齐天齐，一个愚蠢的男人，一个被自己的伪装所欺骗的男人。想必他的爱，也是表面的吧！

春走秋临，落叶无心，片片飘落至天明。盛极而衰是夏末秋至，亦是人世因果循环。那满树的繁华尽失，那一夏的葱茏转瞬便逢枯木，一如人世变迁。

"心儿，想什么呢？"渐回首，目光划过那一池落叶，那一丛假山山脚，定格在那微漾的古井般的眼上。

"欲将永夜长开眼，报答平生未展眉"，那是齐家少爷对他唯一的妻子叶心说的。只是那又如何，为妻子写这首诗的元稹不也为莺莺写过"曾经沧海难为水，除却巫山不是云"吗？可见，但凡世间人，尤其是男人，是不能尽信的。

"天齐，时辰快到了。"叶心看着眼前人的脸庞，伸手自如地为他佛起那一缕散发。看着他额头点点的汗迹，微乱的白衫，终是叹了口气，收回手去。

"我知道。"一句平静的话，平静得只要不去认真听就听不出话底的坚定与忧伤。叶心忽地回头，望向他的眼。那眼，依旧平静如波。叶心心惊，忽生出一种无力，难道自己从未看透过他，难道这人已明了一切？终是，再未开口。

可无论人心如何思量，既定的终归是要发生，就像秋暮冬临一般。

齐府忽然败落，也不过一夕之间。仿佛只是一瞬，齐府就那么顷刻间瓦解了，一切的一切，倒得彻彻底底。后来，来接收齐府的是叶心，也一并接收了叶府。

坊间皆传齐天齐二十三岁那年，因遭了一场大火，落下一身病根后，便伤残不断，日益病重。医者说，伤及肺腑，无药根治。此话如一记闷棍打得老夫人呆了半天，可一声电闪雷鸣，老夫人又清醒了过来。老夫人想起了那世外高人的话：齐郎不过二五庚，命定要为叶女嗔。她深觉，只要叶家小姐肯嫁为小儿冲喜，或有余地。于是，落俗。提亲，被拒。断然，叶家老爷是不忍掌上明珠做这等受辱之事。或是爱子心切，恰逢天下父母心，齐老夫人便联合叶家亲戚，给叶家老爷来了个釜底抽薪。只此一计，便让叶家的天翻了个个，也让叶心此生走上另一条路。

叶心是聪明的，这前后关系她早就猜了个七七八八，她的，她必要夺回来，欠她的，定让别人偿还。于是故事落幕，又再开幕……

又听闻，齐家被收的那晚，齐老夫人一袭白绫，驾鹤西去，再不问世事。这本是天理所在，欠债偿命，也算圆满。只是，可惜了那份柳丝互缱绻，飞花共缠绵。

怕是那故事所有的不圆满，就是那温润如玉的齐家公子了吧。

三　小憩一宿寒意浓，轻旋黄碟舞秋风

却道司马相如那曲《凤求凰》是至上浪漫，自古男女相爱总要自比一番。却又有何人知，数年后还有一曲"无忆"诗流传于世。可见，凡事不能只看开头，不然，那其中滋味如何能尝得透彻。

某日，风和日丽，依旧是那小桥流水人家，正于斜阳倒挂处静立一瘦马，恰是那曲古道西风瘦马。一位清瘦男子悄悄走出，似是为了应景，真是不知人入画或是画映人了。

白衣男子解下马身上的包裹，用力地甩在身上。他显然是个不甚强壮的人，做完这一系类动作后，已累得微喘，而后轻轻拭了下前额，不知是拭汗还是拂尘。夕阳的余晖斜斜地洒在他的身上，那单薄的身影被拉得狭长。他寂寂地伫立在小桥旁的垂柳

下，轻轻地望着那座府邸，仿佛在看心仪的爱人般，那眼神温柔又忧伤。只见那府邸牌匾上，沉沉地躺着两个隽秀的大字：叶府。

齐天齐，或许早不应该称他为齐家公子了吧，现在的他，是叶府的下人，叫叶为。简单的名字，随口绉来而已，却充满讽刺：你不是说要为我做什么吗？不是说，为了修我一世缘分愿用今生擦肩吗？既是如此，就叫你叶为吧！叶为，为叶。也好。

忆及当时，齐天齐听此，单是报以浅笑，无任何不满。叶心最是恼他这点，只知浅笑，却是无任何情绪外泄，心机实深。

除了洞房花烛那夜，叶心从未再叫他相公，她打心底里排斥这种亲昵的称呼，仿佛那一叫，就会生生让人沉湎，再无法自拔般沉沦。

"心儿，我回来了。"

叶心慵懒地看向那人，不悦的眼神如此明了，被视者却无动于衷，依旧叫着"心儿，心儿"……仿佛这样叫着，眼前人就属于自己一般。叶心烦极了他这样的表情语气，面上却也不恼，依旧淡漠道："这趟交易收获如何？"

叶为不语，自身后揭下那沉重的包裹，"算去将下人遣散的花用，齐氏宅邸共集金四万余两，这儿是银票与散银，给心儿过目。"叶为凝眸浅视叶心。

叶心抬眉，淡笑："你倒也是个奇人，我害你家财尽失，你不仅不恼还死跟着我，亲母因我悬梁，也没有丝毫责我之意，这最最令人不解的却是，亲自为我遣散家丁，卖去祖屋。"

叶心从贵妃榻上优雅起身，踱于叶为前，伸手挑起少年下巴，目光炯炯道："你说，我是否可以认为，你会给我暗中一击，就像我当时对你一样呢？"

沉默，对视。良久，少女似厌倦般了放下纤纤玉手，转身离开，留下独立的少年。

"心儿。"是谁在喃喃？是那微风吹过落叶的声音吗？

都说，风过无痕，那慵懒的绿叶，你可知，是谁在轻抚梦中的你，又是谁在你醒来前偷偷离去？

风过无声不留痕，却见绿叶轻蜷身。叶心念起那个茕茕少年，终归是不忍他身有残疾，又家破人散，请府中名医帮他治了腿疾。却不想，能走路的他投奔叶府，说要报答，报答就报答吧。

数月以来，她对他不能说不防，却不见他有任何不轨举动，倒是一如既往的亲昵让叶心有点惶惶。

叶府有一位神医，正如叶府有位"死而复生"的小姐一般知名。这神医却也是个妙人，芳龄二九，人如皓腕青天月，做事却怪诞离经。这倒也应了那书中"神医多怪诞的说法"只是，这份怪诞与美貌女神医而非仙风道骨的老叟联系起来，终是有不同的。

有时，故事与故事之所以不一样，恰恰是对应着那点不同。

譬如，若不是那小姐突然选择那天去寺庙进香，也不会遇上那个翩翩公子，若不是突遇歹徒袭庙，也不会情愫暗生，如果一切的一切有那么一点点的改变，那曲千古名曲《西厢记》就将不复存在。

再譬如，若是那神医是个胡子飘飘的鹤皮老儿，他也不会恋上叶为，也就不会生出那飘雪下的盎然春意。

可偏偏，这是个名唤水水，明眸皓齿的二九佳人。

小憩一宿寒意浓，轻旋黄蝶舞秋风。

冷眼淡看君梦里，与谁共枕为谁狂。

作为昔日叶府千金，今朝叶府主人。叶心是知道水水的，也了然，作为一个医术绝世的神医，却未救成父亲，也未道出任何个中端倪。那只能说明，父亲之死，甚至于自己被设计，水水决计脱不了关系。不过，作为一个高明的猎手，她决定按兵不动。

等着，猎物出巢的那天。

也许再聪明也有愚笨之处。至于叶心，无法感知爱情即是她的愚笨。在那天之前，她从来不知道，水水竟是爱着叶为的。或是在叶为进叶府后，或是在更久之前。

是夜，月凉如水。满庭院的月桂散发出一阵阵清冷的奇香，甜甜的，淡淡的，绕指柔般缠绕心扉，却生生缠得让人欲落泪。

也许有心，也许无意，叶心终归走进了叶为的屋前。还未来得及细究自己如何会停住脚步，叶心已是被丝丝异声所吸引。那女子娇喘的声音是如此熟悉，熟悉到任何已经房事甚至是未经房事的女孩子都知道发生了什么事，熟悉到叶心一听就知道，那是水水。

而这儿，是叶为的房间。

那一刻，无任何异样，像是知道了一件平常到不能再平常的事般，就那样静静伫立着，耳边女子娇俏的喘息已然隐去，脑中停顿了片刻，却是转瞬已接受了这样的事实。再回眸，已是唇线缓缓勾起一个清浅的角度，清凉的眸子仍是一片沉寂，莫名有光影暗动。轻抬脚步，优雅转身，衣阙飘飞的同时，牵引满园桂香浮动。

四　不是无心，只是寡情

第二日，天朗气清，碧朗晴空满是大片轻浅白云，一朵朵闲适地蜷卧着。叶为轻打了一个哈欠，见到小憩于贵妃榻上的叶心，精神立马为之一震，"心儿，你这副模样好似那云啊！"

"你是说我胖吗？"叶心娇嗔地不满道。

"不，不。"叶为急道，"是一样的慵懒又高洁，不把任何事物放在心上的漠然的神情……"

叶为还想说些什么，见叶心似笑非笑地看着他，不解，"心儿看我什么？"

"昨晚睡得可好？"叶心答非所问。

"好是好，可不知为何睡得那般早，却仍旧是很累。"

叶心在这一刻没有继续问下去，不知为何，她想到了一些别的东西。

她想那齐天齐原是如神仙般的人儿，定是受到不少爱慕，养成一个淡然的性子是再自然不过的，后来遭逢巨变，难免有些自闭，原本就不爱理人，变得更静默也正常。可是，从见她那面起，他就从没有冷落过她，她能感觉到，他变得越来越开怀。偶尔黯淡的眼神也是转瞬即去，待到家破人亡却亦无任何消沉，反倒愈发像个只为单纯粘她的小孩子。她想不透这其中理由，这齐天齐本是聪明绝顶之人，现今说话做事却有些迷糊，甚至单纯。这其中是有什么隐情吗？

揉揉疲惫的太阳穴，暗道，也罢也罢，这又与我叶心有何关系，随他去吧。

"天齐。"巧笑倩兮的人儿如那初升的朝阳，向世人展示她魅惑世人的光芒般低唤道。

天齐？我是多久不曾听到这个称呼了，久到仿佛断翅残蝶飞过海洋般，再回首，已是百年沧海，恍若隔世。

"帮我个忙好吗？"叶为呆呆望着那娇嗔的佳人，只觉那么的不真实，甚至连自己无意中点头也没有察觉。或者，如果他有意识，他会更快地颔首。

茫然中见叶心招了招手，等回过神来时已坐于叶心身边，那睡梦中无数次出现的人儿正在解自己的衣带。

两人虽不如个中老手，却也数次云雨，只是在叶府后，叶心便不再理自己，故见此景仍是吓了一跳。但那句"心儿"还未出口，胸前已觉一凉，一双纤纤玉手所到之处，无不觉得火辣难耐。

叶心轻轻把手中的物什涂抹在叶为身上，细嫩的肌肤如水般流动，却被手中粗糙的触感咯到，生生咯的那胸中闷闷的疼。

兀自想着，那是火伤时留下的吧，水水怎么没把这个也治好了。

"心儿。"抬起思索的眉，见那人迷茫着眼，竟是并未意识到自己喊出口的那句"心儿"。叶心蓦地回过神智，有意或无意地，手离了那伤痕累累之处，心中的一抹若有若无的怅然若失。

"这是我跟府中研磨香粉的师傅学着研磨的，你瞧着可好？"淡淡的人儿，依旧是那副若即若离的神情。

"心儿的香粉，岂有不好之理。"一如那遗落荒野，无人观赏的兰花般，身影自嘲而落寞。

"没事了。"叶心望向他的脸庞，阳光依旧明媚，却也如此这般在他低垂的容颜上投下一抹阴影。"天齐，抬起头来"不自禁地，话已出口。她想看看他阳光明媚的样子，甚至有时会想抚去那一丝丝愁容。

叶为悚然，却是照做。

叶心瞧着那沐浴在光明下，光洁如画的容颜才觉得心里舒畅了些许。

"好了，你走吧，我想一个人待会。"

瞥见白影翩跹，带起一个寂然的角度，叶心又补充道，"今天天凉，记住别沐浴，早点休息。"

我们从来都看不清当时的风景，一如置身苍茫山野，入目只觉混沌，徒步往前光影交叠，待回眸，却已是，一眼万年。

当晚，叶府发生了一件大事，神医水水携伤逃离叶府。

一同走的，还有叶为，那齐家少爷，齐天齐。

这是叶心始料未及的，走出了叶府，他将再也不是叶为，而是齐天齐。

想起叶为，那个只着白衫的少年，那个在他面前从不悲伤的少年，那个逆来顺受，如此纯良的少年。

叶心独自坐在假山亭上，凭栏独吊那将逝的萧瑟秋景。本就是枯涩之季，消逝并不会惹人惋惜，故古人更多的是伤秋，而不是怀秋。可有一种人，她却如此喜爱着秋天，爱秋天的哀伤，爱秋天的旷寥，爱秋天湛蓝的色调。

其实，我早就知道，蓝天和白云是不相离的，可因为是太过寻常的一笔彩墨画，所以，我并不在意。哪天，突然来了冬季，青天不再，浅云不来，深刻记忆的那景才清朗明晰起来。

初忆起那天，我独自拜堂，独自入洞房。想你齐家公子重病在身，又残了双腿，双亲定然是不会让你亲自来。可你仍是来了，独自撑着轮椅，没有仆人，你是偷偷来的吧，只是为了让你的新娘不委屈，可是，你那时又不认识我，我如何能想，你是为了我才来？

你待我好，你从开始就待我好，一切是那么自然，没有任何不适，但是我叶心却觉得不安。只因为，我是真的不知道你是仅待你娶得的那门妻子好，还是待我叶心好。你是把我叶心当成你娶回来的可怜的冲喜的媳妇般疼惜，还是仅仅是当成叶心疼惜。

我经历了太多的背叛，不想献出我的心。

不是无心，只是寡情。

可是，终究是有的。

又闻到园中小小的月桂在飘香了，你说，那么小个儿的一朵花，如何能酝酿出如此旷远悠长的芬芳呢？

五　却似闲流水，空留落花声

"小姐，这是你自己研出的香粉吗？"思绪蓦地被打断，亭下站着府中的香粉师傅，他手中托着小小一包香囊。

"嗯。"

"小姐真是天赋异禀，我教小姐仅仅数天，小姐就能磨出此等香粉。"

叶心轻睨他，鼓励他说下去。

"小姐，这香粉恐不能乱用吧"

当然，当然不能乱用，这叫"合欢乱"，合欢合欢，合欢则乱，午夜月光下的月桂取十两，伴叶父的骨灰二钱，合着熏香细细研磨而来。

桂花本乃女儿花，合着秘制熏香，男子用时自无大碍，可女子倘若在床笫之间接触到便会中毒身亡。

当然，水水没有身亡。

只因着这香加了叶父之残灰，而水水这位神医，到底是不是杀害叶父的神医，已然见了分晓。

叶父亡时身中异毒，一般人无法堪破，叶心恰恰不是一般人，或者说，眼前这位香粉师傅不是一般人，一眼堪破个中玄机，如此这般才能请君入瓮。

是的，只要水水服下那剂解药自不会死，却也浑身无力，逃脱不掉。

可凡事都要讲究个例外，冥冥中的剧本总不会太从人愿。

这次的例外是齐天齐，这着实令叶心有些措手不及。

"你把它收藏好吧，以后也许还会用到。"叶心转身，走下台阶，逐级而下，任是高贵却难掩落寞。

"小叶子。"荷冠博带的蓝衣男子急急地唤道。

"不是说好叫小姐的吗?"那娇俏的身影并未回头，冷冷道。

"你也听他说了，他以前爱你只是因为你是他的妻子，而他也觉得他们家欠你才对你那么好，你怎么就……"

"怎么就怎么了?"凛然地打断，瘦削的身影依旧笔直，并未让身后激动的男子看到那轻轻地颤动。

"没什么？呵呵……我怎么会觉得你喜欢他呢？你向来，是无心的，从来都是……"

话未完，人已失。

真是蓝衣空留顿，佳人影无痕。

却似那流水，空留落花声。

闲看庭前花开落，静思天边云卷舒。

凝眸银装苍穹下，独念青天白云多。

转瞬已是深冬，银装素裹的年月，看似壮大宏博，却难掩单调。

叶心身着银狐雪裘，慵懒立于窗前，身姿绰约，媚态横生，看得风清心神恍惚。

风清，名如秋风般透彻，人如春风般和煦，性子也似一阵热情夏风，办起事来雷厉风行，恰似那冬风的肃飒。

此人，叶府研香师是也。世人皆知他研香本领高明，却不知，他制毒本事也是一绝。

"有什么事吗？"叶心未看向来人，目视窗外的苍茫，仿佛自己也是其中一片雪花。

不知为何，自己，竟是越来越慵懒，越来越感伤。

方十七的年纪，是承载了太多的沧桑吗？

"小叶子，水水抓到了。"

"什么？"那人像刚惊醒般，疑惑地沉吟，"水水，哦，是她呀？"转而，像想到什么似的，"我好像，并未命你去抓她吧？"

拨弄纤纤玉指，闲拂额前散发，举手抬眉间，任是一股风流之态,单是那迷离的眼神,已是如此诱惑。

这一切,看在风清眼里,却是心惊。

"小叶子有所不知,风清本不想告诉你,可是风清却不得不告诉你,小叶子你中了那水水的毒。"

毒?叶心冷笑,自己的身体,又如何不知。

怕是在自己被敲晕之时,或是更早就中了吧,那是一记慢性毒药,慢慢侵入心扉,待发觉,已是愁肠百结,病入膏肓。

无药可治。

所以,既定的事,她叶心又为何要在意。

更何况,生亦何欢,死亦何苦。

"小叶子怕是不知这是何毒吧?"

"哦?是何毒?"

"是何名字我不知道,我只知,中这毒会让女子愈发妩媚,最后风流成性,鱼水而竭。"

呵呵……又是交欢,水水,咱们还真是彼此投缘啊,互下的毒都与寻欢有关。

可是你,未免太小看我叶心了。我即便是死,也定不会如你这般,没有尊严。

"小叶子,你别担心,我会帮你的。"

"她的毒怕是还没解吧?"蹙眉浅笑,唇畔勾起一个轻讽的角度,"你问她,想不想解毒?"仍是,话未完,人已走。

"你每次都要留我一个背影吗?"

风清想到以前,那时,叶心还是一个黄毛丫头,每天都喜欢跟在自己身后,一声声地叫着"风哥哥",清脆悦耳,余音绕梁,至今仍在心底回荡。

当年，终归是自己当年不懂珍惜。

小叶子，我欠你的，我愿意还。

六　人生若只如初见，何事秋风悲画扇

叶心不想见水水，那个人，她终究是讨厌的。不是恨，是讨厌。恨是有仇的，讨厌只是心底的那份感觉。

但她却想见某个人。

不知为何，就这么径自走向那条，于心底默念数遍的小道。小径尽头，是一处小屋，屋中灯光摇曳，印着那影影绰绰。

熟悉的身影，仿佛一直等于此处，从不走远。

蓦然回首，那人却在灯火阑珊处。

依旧是那远山般的眉，依旧是那横波似的眼，便是那眼中的柔情，也从未减半分。

那一刻，竟是忆起初见，眉目如画的少年，于烛光中艰难行来，那句"晚生不想委屈了姑娘"原是那时就刻在心底，从不曾忘记。是自己太过胆怯了吧，才一直不肯交出自己的心。

待那夜，他目光坚定地求自己放了水水，竟是乱了心神。遂失态地问道，"你是自愿的？"

叶心一直记得他的回答："是的，叶小姐，我是自愿的。"

记得他直视向她的眼睛，她从未看过他那么坚定的眼神。她听见他说，"从前我爱你，只是因着你是我的妻子，我怜你受人迫害，嫁于我一介废人，故对你好，可是，在遇见水水之后我才知道，我真心念着的是她，与你，不过是怜惜，还请叶小姐，放

了我们。"

她一直记得,那时他唤她叶小姐。更久的以前,她让他称她叶小姐,他执着地叫心儿,待她已熟悉了这般称呼,他又唤回了她叶小姐。

一直以来,从不敢轻言爱,只怕有一日,会伤得体无完肤。可是,原来不是不说就没有的,多少次午夜梦回,生生忆起那句叶小姐,总要雨打残荷一番。

再见故人,心念已淡。

"心儿。"俞显清瘦的容颜,愈发清冽的声音,依旧是那句心儿,一切美好得像不曾变过,可物是人非,再回不到曾经。

"齐天齐,你怎么回来了?"移开波澜不惊的双眸,淡然的语气,自然却疏离。

"如果说,你想求我放了你的心上人,那就劝她交出我的解药吧,你可知,她害了我父亲,还一并害了我?"似笑非笑。

"对不起。"齐天齐执着地盯着叶心,无视她不悦的表情,像要把她生生刻在骨子里一般。

"齐天齐,有没有人告诉你,这样很不礼貌。"叶心被盯得无奈,只得直视她,却见齐天齐眼中深深的绝望和浓浓的不舍。

怎么又是这样的眼神?心神一凛,记得上次他抱着水水求她放了她时,眼神亦是这般。

叶心以为,他是因着水水才露出那样的神情。

罢了罢了,齐天齐,我便随了自己的心,再对你仁慈一次。

"你去接她吧,告诉她,好自为之。"头也不回,翩然而去。

决然的背影,再无任何留恋。

却是留下终生的遗憾。

若是此时了然,我再不会留你一个背影。

断翅残蝶飞沧海,单为寻那一抹黛。

奈,花不常开,情不常在。

何时才有,相恋思无邪?

有种景致再寻常不过,平日无暇去思量,离了,却发现早已刻骨铭心。

有种爱,再平淡不过,日复一日,淡若空气,无法察觉。

有一天,我拼命呼吸,不得。等泪水溢满眼眶,心中肺中全是你当时的模样,蓦然回首才发现,情已泛滥。

叶心走进那间僻静之处,这是关押水水的地方。

推开那座破旧的小门,门发出"吱呀"一声的轻响,抬头,见到门内人惨淡的脸颊。

这是那个风华绝代的人的脸。

这是那个害了自己的父亲的人的脸。

这是那个得了他的心的人的脸。

"水水""小叶子",同时唤出口的声音,不同的是,一个冷眼待天下的冷淡,一个是看透世事的惨然。

"我先说吧。"水水抬起曾经波光盈盈的一双丹凤眼,直直地瞅着叶心。

"你一定很好奇,我为何要对你这样吧?"径自笑道,仿佛对叶心,又仿佛对自己,"你知道吗?我其实是个最愚蠢的人……"

叶心静静地听着,她听到了这个故事中,她所不知道的一些事。

水水那年十五，离了豆蔻年华，却不够弱冠之龄。

娇俏美人，绝世神医，自是一般光景。这人却性情古怪，无视任何男子的款款深情，自觉不一般，愣是要找个不一般的来般配。那时，一众人等都觉得水水会看上个同样怪癖的人，殊不知，她看上的却是那万人爱慕的齐家公子，齐天齐。

是在阳春三月的时候吧，别的姑娘都在湖里游船，轿里逛庙之时，她已跋山涉水，攀岩登壁，只为那几颗奇草。

那日，听闻麒麟山上有棵"摄情草"，她便整装待发。

自古便听闻麒麟山上有麒麟，但那是上古神兽，是真是假犹不可考，更何况，她水水一身医术，就算真遇上，又有何惧。

春花烂漫，于山野中行来一翩翩少年，犹如天神忽降，水水愣了半天，连要进那山洞去寻那颗仙草都给忘了。可是，那位神仙少年忽然飞快地向自己跑来，还没反应过来，自己就被一把推开。一切发生地那么突然，以至于水水刚回过神来就发现那位少年已身处火海。

那位少年就是当年的齐天齐。

世人只道齐府公子着了一场火，才会变成那样，殊不知，那把火并非一般的火，是麒麟火。

水水的喜欢，来不及酝酿，就那么变成了永生的爱恋。

费尽终身医术，只能治个表皮，内里，再无法治愈。

也许，女人都是感性的动物，挚爱的人永远会让她们手足无措，齐老夫人如是，水水亦如是。水水一早就听说过关于齐天齐的传言，说他一生注定会与叶家小姐有纠葛，甚至于娶了叶家小姐，或会破除活不过二十五的命运。

于是，自降身价，入叶家为奴。

叶家小姐果真娇俏可爱，看着她，却总有一丝别扭。待发现叶家小姐果如外界传言般，喜爱黏着叶家的香粉师傅风清，豁然。

那叶风清原是豪门之子，本姓风，就唤风清，无奈父亲理财不当，家门破，此后入叶府更姓叶。

其实，初衷只是想让叶心心无他属，好安心入嫁齐家，便于有意无意间，暗送秋波。

美人甘入怀，自手到擒来。

水水本想让叶心与齐天齐安心至老，不曾做他想。但是，她小瞧了叶心。

那个以前一直跟在风清后面的，曾几何时还是个小丫头片子的叶心，在经历这般变革之后，竟会变得那般狠绝。甚至于，她心心念念的天齐，也似从不放在心上。

她不甘。

她知道天齐爱她，一直都知道。可是，她真的不甘。

他是她先遇到的，他是她将他推入叶心身边的，或许命运不管怎样都会安排他们相遇，但这次，却是因她而起。若不是她，天齐不会受这般苦，她是真的，只想为他做些什么。

是有私心的吧。

所以才用"摄情草"制了那味药。

摄情，顾名思义，可以摄人感情。本万无一失，让齐天齐爱上她自己，不用再受与叶家小姐那段逆情煎熬，我水水自己埋下的因，自己了这果。

可独独，算到了世事，算漏了人心。他齐天齐，竟是如此爱着叶心，爱到连移情草都无法左右。

刚试药那会儿，神志不清，夜夜把水水当成叶心，水水本就恋他，自是将错就错，而他，亦是辨别不清。

叶心本以为，水水那时给天齐下了药，才会心生一计，在天齐身上下了那剂"合欢乱"，暗下原是这般。

最出轨的竟是到此。

七　欲待曲终询问取，人不见，数峰青

叶心脸上波澜不惊，水水看着她，惨淡一笑，似弄一曲江上哀筝。

"你可知，他为何要跟你那般说？"叶心看向她，水水却移开眼去。

叶心知她说得什么。

"你中毒了是不是？"淡淡的人儿不置可否地挑眉，"你不应该比我更清楚吗？"讽刺的语气。

"你以为是我下的吗？我水水没有这么卑鄙。"自嘲"我只是，不留尊严给自己而已。"

"他如此爱你，一早就发现了你的异样，也以为是我下的，为拿解药救你，所以才会那般，随我走。"

未待说完，眼前人已消失。

水水看着那窗外的残月，苍白的脸上勾起一个凄怆的微笑，"天齐，你说，到底是我们选择了命运，还是命运选择了我们？"音符淡淡飘飞，似月光下的浮尘，一吹就会消散。

从未这般急迫，匆匆走向那小屋，只为那人。只为那一直错过，一直被误解的人，如有可能，我叶心发誓，此生定不负如来不负卿。

……

可是，终究是没有可能了。

门洞开，人不待。

看着那空洞洞的房门，一阵莫名心悸，仍是未踌躇便迈入。

电光火炬，双目相触，始觉失望原是这般滋味，只因那目不是我要找的目，只因那人不是我要找的人。

"要找齐天齐吗？"

"怎么是你？"

"你知道他在哪儿？"难得的焦急，听在风清耳里是如此的不顺。

"他死了，剜心而死。"淡淡一句，闲话家常般随意。

叶心心里狠狠一揪，似暗示着什么。

"不可能，你给我交出他！风清，别以为我不知道你做的一切，你因记恨着我父亲夺你家财，故借刀杀人，去煽动齐老夫人，表面上用她的手为你报了仇，实际上你早就给我父亲下了慢性毒药，一并，连我也下了，对吧？"听完水水的话，叶心心里已有这般计较。

"小叶子，你不伤心吗？你原来，是这般喜欢我，发现我这样坏，你竟不伤心吗？"殷切的语气，说话的人更像在自我安慰。

"我为何要伤心？废话少说，你把天齐藏哪儿去了？"难得的狠厉。

紧紧盯着叶心的男子，笑了，似是豁然般："你该知道，他很聪明，水水都告诉你了吧，水水那个没大脑的跟他在一起那么久，他又怎么会不知道。"

"然后呢？你想说什么。"压抑的语气，偏偏让人听出了个中焦急。

"小叶子，你该知道，我喜欢你。"那人依旧笑盈盈地，却难掩那抹淡淡的哀伤，"他命中注定活不过二十五岁，又患有严重内伤。"

"你胡说！他会活得很久很久……"落花迷了眼帘吗，为何我的双目模糊不清？

"小叶子，对不起，原来的我，被仇恨蒙昏了头脑，所以才会对你这般残忍。我，我在你那般小的时候就给你下了那药，药深入骨，只得以……"

"得以什么？"

"只得以，对你挚爱一生之人的心为药引，方能治愈。"

"而他，猜出我给你下的毒后，便来求我。我不忍你死，只得……"

"我，不信。"紧咬嘴唇，艰难吐出那话，"他人呢？你把他人呢？你要他来见我……"叶心一把拽着风清的衣领，灯光下，风清看到，眼前人，已是泪流满面。

"他不想让你见到他的遗体，自剜心脏，引火，自焚。"

那一刻，天旋地转。

是谁？是谁在唤我"心儿"，是谁放弃一切，只为换我一个微笑，是谁从未说过一个"爱"字，却留给我世间最伟大最清澈的爱。

是你，是你，是你齐天齐。

我是醉了吗，竟又看到你如画的脸，看到你纯澈的笑，你说："心儿，我爱你，我很爱很爱你，不是因为你是我的妻子，只是因为你是叶心。"

你说："不管在任何时候，在任何地方，不管你是美是丑，是稚嫩的小丫头还是花白头发的老婆婆，我都只爱你，心儿。"

我想紧紧抓牢你，可你却渐渐消失。镜花水月也好，天齐，只求你别走，我还有句话没有对你说。

梦不能如愿，醒来，泪水滑落眼角，唇畔低语："天齐，我爱你，你一直都不知道吧？可我爱你。"

天齐，可我爱你。

林花谢了春红，

太匆匆，

无奈朝来寒雨晚来风。

胭脂泪，相留醉，

几时重，

自是人生长恨水长东。

第七笺

秋风何事悲御扇

人生若只如初见,何事秋风悲画扇。

等闲变却故人心,却道故人心易变。

骊山语罢清宵半,泪雨霖铃终不怨。

何如薄幸锦衣郎,比翼连枝当日愿。

——纳兰性德

一

很多年之后，云溪一直记得第一次见到湘扬时的画面，那时候他正在指挥一众小厮抬聘礼进她家门。

那人一身白衣，眉眼淡淡，是此间少年，是月光亘古，像阳光雨下雪痕飘，甘愿让人做他手里的那一支长箫，陪他醉卧沙场，陪他倦看世事，与他远离尘嚣。

那时，她听说父亲有意将她许给湘王的儿子，急得不知所以，生怕嫁不了她的子离哥哥。因此，在听说湘王的儿子抬了聘礼进家门之后便顾不得形象，扛着把宝剑，一刀砍上了那些木箱。

云溪幼时向名师学过些手脚，平时又爱舞刀弄枪，是以体魄不同于寻常女子，很是生猛。这一刀下去，放聘礼的箱子愣是生生碎成了两截，里面明晃晃的珠宝黄金滚了一地，直晃得一众小厮绿了眼。

云溪抵着宝剑，微抬起头，准备对那抬聘礼的人表露一下自己的挑衅之色，好让他知难而退。

对面的男子生就一副颀长的身材，带笑的眼，乌黑的眉，皑如山上雪，皎若云间月。他对自己的失礼熟视无睹，礼貌而周道地微微颔首："想来小姐便是云王之女云溪，湘扬这厢有礼。"

那一刻，云溪好像看到一个梵音香雾中诵经的女子，转动山水修来世，不为成仙，只为许她一段尘缘。

云溪此人，生性鲁莽，外加学过一些拳脚，成天横冲直撞，闯了不少祸，云王爷为免这唯一的千金给自己捅娄子，便令自己的贴身侍卫子离终日不离左右。

这日，子离稍有不慎，云溪便将那聘礼箱给端了，好在没有伤到人，王爷谢天谢地地过来将湘王次子湘扬请回上座。转头瞧见自家小女直勾勾地盯着湘扬看，王爷不悦地咳了一声，尔后给子离使了个眼色，子离不着痕迹地将云溪的视线给挡了。

云溪有些失落地瞧着子离一身劲装，衬得他宽肩细腰，甚为赏心悦目，以前定是要吵着让子离带她去玩的，现下却没什么玩的想法，一颗心思全在里屋的那人身上。

云溪悄悄地跟上，附在门外偷听，子离不声不响地跟着她，也不阻止。

"家兄公务繁忙，父亲特派湘扬前来拜会王爷。"云溪屏住呼吸想，她还从没听过这么好听的声音呢。

"无事无事，本王能理解。"王爷乐呵呵地回道，"你同湘王说，就说是本王收下那聘礼了。"

收下？云溪一怒，父亲还没问自己的意见，如何就能草率地收下。

刚想摔门进去，想到是他送的聘礼，自己要嫁的，莫不就是他吧？如若是他，倒还，倒还……云溪红着脸想，倒也还可行。

就在她一愣神的间隙，湘扬已经同王爷拜别出来了，打开门的时候，正好同来不及跑的云溪大眼对小眼。

云溪近的能够数清他的睫毛，能够看清他乌黑的眼球里自己的模样，那人，恰也在认真地看着她。

"溪儿，不得无礼。"王爷背着手大喝一声，吓得云溪往后一退，差点摔倒，子离眼疾手快地扶住她，她下意识挣脱了一下，子离不着痕迹地松开了，默默垂手站在身后。

云溪给自己的评价是一介莽夫，诚然，这一评价很是中肯，想来她还是有些自知之明的，然而，有自知之明也救不了她，这不，她就没听清"家兄公务繁忙"这几个字。

加与不加这几个字听上去差别不大，实则差别甚大，大到，她的夫君晃了个眼，就换了别人。

待她晓得个中差别的时候，已然是那入了洞房的良辰佳夜了。

云溪咬着唇，又兴奋又羞涩地等着那人来揭盖头，水汪汪的大眼睛"咕噜咕噜"地翻着，那人来了，来了，脚步近了，近了。云溪紧紧拽着拳头，手冒出汗来，盖头轻轻被挑起，洞房内烛光融融，帘帏外飒飒秋声重，云溪水汪汪的大眼睛里的欣喜渐渐散尽，被惊恐代替，半晌，发出一阵尖叫。

来人剑眉入鬓，眉眼似寒星，嘴角边噙着一丝邪魅的笑，很帅，却不是湘扬。

"王妃似是对本王不甚满意？"来人挑了挑眉。

"你，你，你是谁啊？"云溪一手捂着衣领一手指着那个男子。

"王妃这话倒奇怪，能进得了你的洞房的，不是你夫君是谁。"男子斟了壶酒，一双凤眼透过酒盏看过来，眼里带着丝丝的嘲讽，这云王之女，果然如传说中的绣花枕头一草包。

云溪一摔枕头："你家如何能这般骗婚，拿个好看的去送聘礼，却给了个……"云溪想说丑的，奈何见到那人斜眉持盏看着她，一身气势不容忽视，"丑的"两个字如何都说不出口。

"王妃对本王不满意?"邪气的男子踱步靠近云溪,渐渐朝云溪靠近,云溪看着那张帅气的脸愈发贴得近,吓得赶紧跳上床,心里直道,完了完了,以为嫁的是湘扬呢,一高兴地连随身的武器都没带。

正念叨着,那男子远离了她,双手背在身后,留给她一席玉树临风的背影:"湘江,湘王长子,皇上亲封端王。"

云溪撇嘴,翻了翻白眼,很厉害嘛,很厉害嘛,然而她还是觉得不满意啊。

云溪幼时的师傅是江湖中人,她随师傅日久,染了一身江湖气,并没有官家小姐嫁鸡随鸡嫁狗随狗哭哭啼啼承接命运安排一说,是以,眼珠子一番,便计上心头。

二

第二日,云溪坐在轿子上咬手绢,这该死的湘江,忙也不是这个理啊,连陪娘子回门都没时间,害的瑞王府的小厮丫鬟们一个个都同情地看着她,以为她不受宠,从小到大,自己何曾受过这等轻视。

云溪气鼓鼓在轿子里扔飞镖,不就是说自己不愿嫁他嘛,至于这么小气,连娘家也不陪她回嘛。云溪想起昨夜,自己跷着二郎腿说自己爱慕的是他家二弟,只望她与他日后能保持距离,她名义上的夫君看了她好半晌,然后露出一抹高深莫测的笑,"你倒有自知之明,以后你好自为之吧。"说完这句同样高深莫测的话之后,打开窗子,一跳就没影了,反倒让云溪愣在原地,半天才回过神来。

一个身影掀开轿帘，刚脱手的飞镖直直朝那人飞了过去，云溪吓得大气不敢出，飞镖"嗖嗖"两声，到那人面前自动停住，然后那人用手夹住了飞镖，风带起他额际的发丝，露出他常年被半遮的眼。

云溪拍着胸，刚想叫"子离哥哥"，又觉得尴尬，遂停了口。不过，虽然自己不久前才年少无知不懂事地说过喜欢他，缠着他要嫁他，但他好似也并没有放在心上，一直恪守礼节，没有越矩半步，想来，子离哥哥应该是当她童言无忌，不会计较自己变心的吧。

"小姐，"子离抬起手，递上一个包裹，还有一副地图，"你让我找的地图，还有收拾的盘缠。"

云溪跳起来，拉着子离的手，"子离哥哥，你带我走吧，我不想嫁给那人。"

子离不着痕迹地移开她的手，默默地点了点头，小姐说什么，他都会照做，哪怕要用命去换。

云溪一把接过包裹，然后背在身上，猫着腰就往轿外钻，子离轻轻托住她的腰，脚尖一点，就出了轿门，飞到了屋顶上，云溪捂着嘴，不让自己惊叫出声，天，她还不知道子离的轻功也这么好，早知道还费什么神啊，一早就跑了。

云溪打算去投奔师傅，她的师傅是江湖上有名的居士，号称清莲洞主，听着甚是霸气，不过，其实也就一小老头，长的精瘦精瘦，为人还贼精明，云溪想到师傅，嘴角不禁笑弯了。

师傅此人神出鬼没，一般人寻不到，但是云溪太了解他的习性了，便专挑乞丐多的地方寻。

果然，在城外的一处丐帮聚集处，云溪看到蹲在火堆前鼓着腮帮子吹火的师傅，这老馋猫定是在做叫花鸡。云溪靠在子离耳边让他将她带到树上去，然后自己猛地跳下来吓一吓这个老头，此举虽说有些恶趣味，实则是因为云溪从小都是被师傅吓大的，是以产生了报复的想法。

云溪牢牢地抓着子离，腾空站在不远处的一棵老树上，刚想一二三往下落，一道身影吸引了云溪的视线，云溪拉着子离，又往树叶子后面缩了缩。

来人居然是湘扬，淡淡的眉眼带着笑，走路的时候无风自偶傥。

湘扬为何会找师傅？云溪下意识地疑惑，她这个师傅可是从来都是闲云散鹤一只，不识朝廷中人的啊。不过，既然师傅能当她师傅，认识湘扬也不足为奇啦。这一点疑惑一闪就没了，立马就被见到湘扬的喜悦给掩盖了。

云溪想立马跳下去，同湘扬打招呼，奈何，子离拉住了她，她疑惑地回头，子离朝她摇了摇头，示意她别轻举妄动。云溪乖乖地停住了脚，子离很少有什么干扰她的举动，此举，让她觉得湘扬找师傅确实是件不寻常的事。

不过，云溪还来不及细想，就被抓回去了，倒真不是湘江抓的，云溪甚至觉得，湘江巴不得她丢了，反正她名义上的夫君看起来也不像是能看上她的样子。

云溪被拖走打包送到瑞王府之前恨恨地瞪着子离，好你个子离，居然出卖她，原先不要带她走不就得了，没看出来，真是表里不一啊。

阳光下，子离咬着唇垂着手要跟上，云溪一扭脖子，对吹胡子瞪眼睛送她前来的云王爷狠狠道："父王，你把子离带走吧，我已远嫁，按理，子离是不应该跟着来的。"

云王爷瞪了她一眼，而后对子离说："溪儿说得对，你随我回云王府吧。"

云溪被一众丫鬟拥着进了瑞王府，她走的时候回头看了一眼，子离依旧站在瑞王府前，垂着头，一身黑衣，影子被太阳拉得长长的，垂在地上，有些落寞。哼，看你以后还敢出卖我，云溪有些暗爽地想。

走到花园的时候，那道寂寞的身影依旧在云溪脑子里萦绕不去，会不会是自己误会他了呢，可是，除了他，也没人知道自己逃跑啊，哪有刚逃跑就被抓回来的，肯定是他。

云溪暗自给自己打气，就算冤枉也没什么大不了的，毕竟子离哥哥是不会生她气的嘛，云溪有点惴惴地想。

"哎呀，谁啊，走路不长眼睛的！"云溪埋头走路，没有注意前方，一不小心撞到了一个人，她原本心情就不大好，是以，出口有些不客气，她不悦地揉着头皱眉瞧向来人，湘扬正一脸笑意盈盈地看着她，云溪脸"腾"地一下红了。

"云溪。"他笑眯眯地叫她，云溪低着头，手脚不知往哪里放，一点都不复适才的伶牙俐齿，湘扬看着这个样子的云溪，粉腮若桃花，娇羞似秋月，想起大婚那晚，湘江不在洞房内春宵一刻，却拉着他这个假弟弟坐在屋顶上执酒赏月。

"皇子，你倒是魅力不小啊，本王的妃子就这么被你生生勾了魂魄。"湘江一手执着酒杯，闲闲地看着他，眼里的调侃很盛，不知为何，自己听到的时候，却是喜大于惊的。

那时，他诧异于自己的态度："端王要同本皇子单挑不成？"

湘江看着他的眼神有一丝诧异，转瞬，就哈哈大笑起来："这个小女子倒是有些意思，原本娶她便是拉拢她父亲助你上位的，无足轻重而已，此番，倒是在你心里占了不一样的位子啊。"

他没接话，含笑握着湘江递过来的酒杯，一饮而尽。

不一样吗？他也不知道。

他从小便是在黑暗中长大的，母亲原是前皇后，由于后宫暗斗厉害，母亲不幸被害，含冤而死，去世的时候大着九个月的肚子，待湘王偷偷运出母后遗体的时候，发现他这个遗腹子居然福大命大，来到了人世。

湘王从小一直告诉他，他有着那九五之尊的命，有着为母含冤报仇的使命，是以，他的人生全是权谋，从不曾有过别的。

湘王看上她是因为看中她父亲手里的兵权，娶她是为了更好地巩固他的势力，然而，在他提着一堆聘礼去她家的时候，他看着那个明眸皓齿，一身翠绿衫子的女子朝自己砍来的时候，他居然有一丝后悔，想提着聘礼走，或者干脆耍赖，说是自己来提亲的，可是，自己的身份难以示人，又身负巨大的秘密，又如何能如此任性，对着第一次见的女子乱了方寸。

可是，在他们大婚那晚，他却是独自坐在屋顶上，看着头顶清冷的圆月，第一次体会到了失落的滋味，直到湘江执着酒杯过来，他才重新拾回他一贯的微笑。

他想，她或许是他生命中的那一抹光，照亮了自己的阴霾，如果可以，他希望这抹光永远永远都不要消失。

三

云溪最近觉得自己颇有些败坏门风。

她支着下巴，坐在假山旁叹气，她躲在一丛青竹后，隐藏甚好，是以，那帮闲磕的下人并没有发现她的存在。

"哎哎，你们不觉得王妃跟二公子走得有些近吗？"

"谁说不是呢，每日都要去郊外骑马射箭，我有日采买，还瞧见他们一起在集市上听小曲儿，二公子还给王妃喂糖葫芦呢。"

"嘘，小声点，你不想活啦……"

脚步声响起，一堆下人作鸟兽散，云溪猫着腰，做贼似的探头到处看，待发现人全走光了，才敢站起来。

她这王妃做得这般窝囊，也实在是罪有应得啊，云溪忧郁地想，自从那天撞到湘扬之后，他就时不时地邀请自己出去游玩，听戏，还一起舞剑，一开始她激动得不知所以，头点得跟拨浪鼓似的，欢心雀跃地跟去了，但渐渐地，随着王府内风言风语愈多，她就愈发地觉得，她与湘扬确实是走得近些了，可奈何，湘扬好像对此并不以为意。

云溪皱着眉觉得不大对劲，最近还是躲着湘扬比较好，她到底是姑娘家，名节还是很重要的，唉，要是子离在就好了，子离在，子离在怎么个好法呢，她歪着头想了半天，子离也干不了什么啊，可就是觉得同子离在一起，就什么都不用怕了。

正想着，一道飞镖"嗖"的一声飞了过来，云溪一个避闪，躲掉了，一群黑衣人出现在了面前，个个身手不凡，云溪抽出随身带着的宝剑，与黑衣人对峙。

这些是什么人，目的何在，王府，又如何能进了这么些人？云溪边想边躲避着这些黑衣人的攻击，这些人并不想下杀招，像是想绑架她，奈何自己根本不是这些人的对手，眼前一黑，就着了道，被一个麻袋套住了，云溪何时吃过这种亏，急的拳打脚踢，把她扛在肩上的人毫不怜香惜玉地将她击晕了。

　　屋顶上的男子急匆匆地赶来，一身衣衫甚为凌乱，眼前空无一人，地上一块白色的手绢，他一看就知道是她的，子离眉眼间多了层抹不去的忧虑。

　　王府内守卫森严，闲杂人等无法入内，虽凭他的武功可随时出入，但湘家两兄弟非常人，子离并不想给小姐徒增干扰，是以，一直在王府外保护小姐，他想着，小姐在府内应该不会遇到危险。

　　哪知，今日，他的行迹被湘扬发现了，那个白衣男子第一次站在他面前的时候，他发现这个一贯以来温文尔雅的男子竟然有着睥睨天下的霸气，他双手附在身后，对他说："云溪，本王会来保护，你既是云王爷的人，想必也是自己人，我不为难你，但请你从此往后离云溪远些。"

　　他紧紧抿着唇，执着地站着，就在他与湘扬僵持的时候，一群黑衣人无声无息地进了湘王府，他腾空而起，想进去保护云溪，奈何湘扬以为此举是挑衅，愣是想阻止，他一急，也不顾及什么了，几招击败了湘扬，进来的时候，地上一块手绢，云溪已然不见了。

　　身后急匆匆赶来的湘扬看见地上的暗器，眉眼顿时森冷，再也不复当初那个盈盈浅笑的少年郎，"除了那人，不会有旁人了。"一甩袖子,不见了踪影。

醒来的时候浑身酸痛,云溪揉了揉肩膀,眼前是一片华贵的官邸,一个华丽的男人披着狐裘坐在床前看着她。

"你醒了?"

"太子?"看清来人之后,云溪惊呼出声,眼前的人可不就是太子,皇帝没有病倒之前,她曾同父王参加过皇宫的家宴,是以,得见过一次天颜,当时,在皇帝旁边的可不就是眼前这位。

"你认得我?"来人挑了挑眉,"云王之女,见过本宫也不奇怪。"

"你做什么抓我,我又没得罪你。"云溪瞪着太子,掀开被子,一下跳了出来,吓了太子一跳。

"湘江一表人才,如何会娶你这般的媳妇?"太子有些嫌弃道。

云溪不服了:"我如何,本姑娘如此貌美,还瞧不上你们,哼。"说罢,云溪就大踏步想走,门口两个武将整齐划一地出手拦住了她,云溪一下又被撞了回来,重重地摔在了地上,太子"哈哈"大笑:"你这小妞,倒是有趣。"

云溪气鼓鼓地站起来,掐着腰瞪着太子,像只小斗鸡:"你干吗抓我又不放我走,我家人会急的。"

太子脸色疾变:"哼,家人,你的家人可是本宫的敌人呢。"

这个小妮子,是端王府的王妃,还是云王府的公主,抓做人质可以钳制两方人马,他的手下接到消息,湘王府同云王府两股势力结成了一股,原先这两边的人虽都不是自己的人,但也没涉及什么朝堂之争,自己也就放任了,奈何待这两股势力悄悄集合之后，他觉得有些不对劲，私下悄悄去调查，才发现端突然冒出一个弟弟，而这个弟弟还是正儿八经的皇嫡长子。

虽说当年皇后犯了罪，可无关幼子，再加上父皇早已卧病床榻多时，朝政虽说掌控在他手上，但父皇一日不驾鹤西去，他一日也不能正大光明地继承王位，是以，这个端王弟弟对他很是构成了一种威胁。

他瞧着云溪明媚的脸，心想着，先把这小妮子软禁，看云王还敢轻举妄动，然后再暗中让父皇去他该去的地方，到时候，任他什么嫡长子，看你还能翻起多大的浪。

想罢，轻轻抚了抚云溪的脸，被云溪一下甩开了，太子也不恼，召唤来一个随从，耳语一番，就关上门走了，云溪赶紧追上去，门从外面被栅住了，怎么都打不开，云溪气得想骂娘。

每日，门外都会有人定时送饭进来，起初云溪不敢吃，谁知道自己会不会被毒死，但后来饿得实在不行了，想着当个饱死鬼总比当个饿死鬼好，就吃了，没想到这一吃还停不下来了，连着被关了好些天。

四

这一天，御膳房端来一顿特丰盛的晚膳，云溪边吃边想，怎么伙食质量突然改变这么大，难道宫里发生什么事了，莫不是，那老皇帝终于驾鹤西去了？云溪胡思乱想着，突然就听到丧钟开始鸣了，云溪心里"咯噔"一声，完了，乌鸦嘴，老皇帝真被自己咒死了。

云溪停下筷子，趴在门缝上仔细听，却听见丧钟停了之后一阵喊打喊杀声响起，云溪以为自己听错了，从门缝看出去，一片火光影影绰绰，猛然间，门被打开，云溪一下被撞倒在地，骂骂咧咧地揉着屁股站起来，子离锁着眉担忧地瞧着她。

"子离哥哥，你怎么来了？还有，外面怎么啦？"云溪一把抱住子离的胳膊。

子离拢了拢她额角的发，认真地看着她，并不答话，门外一片火光震天，风呼呼地啸着，云溪从未见过这样的子离，他眼里的情绪很浓烈，有眷恋，有不舍，还有很多，最后汇聚在一起，就成了波澜不惊。

一个飞镖远远地飞来，带起一阵风，子离一挥手，飞镖偏离了云溪，子离抓住云溪的胳膊，"我带你走。"他的声音很轻，子离不怎么说话，云溪很认真地听着，连震天的喊声都听不见了。

云溪觉得自己好像从来没有看清过子离，她十岁那年，从师父那里学成归来，性格顽劣，云王担心她惹事，拨了一名小侍卫随她，这名小侍卫看着比她大不了多少，却甚是沉稳，话也少，开始时受了云溪不少欺负，有一次，云溪将他关在冰窖里，让他求饶才肯放他出来，他硬是一声不吭，最后云溪越想越害怕，打开冰窖大门的时候，看到一身衣服全部结了冰的子离，他结了霜的睫毛下是一双幽深的眼，静静地看着她，像古井的水，波澜不惊。

那一刻的云溪，心漏跳了两拍，她一把抱住了他，想说"对不起"，子离哈出的气里都带着冰锥子，他说："别，离我远些，别冻坏了。"

从那以后，云溪再也没有欺负过子离。

年少时觉得一眼已万年，一动心就是海枯石烂，却哪知，世间最难测是人心，最易变也是那人心，云溪眉眼暗了暗。

"子离，我知道你要带我走，但是，我担心。你带我去找湘扬好不好，你来救我，我知道发生了些事情，我也知道他肯定也参与其中了。"云溪不敢看子离，她怕她看到子离的眼睛就想抛弃所有，与他一起离开这纷纷扰扰，但是，不可以，她是云溪，是云王爷的女儿，是端王爷名义上的王妃，她不可以。

子离踩着屋顶，换了一个方向，云溪咬着唇，很快，眼前出现了一群带剑的侍卫，带头的竟然是师傅。

云溪惊讶地看着早已不过问江湖事的师傅，那个不守规则的老者现下一副凛然不可侵犯的气势，号令着千军万马，将太子逼至宫沿："太子，你毒害陛下，谋夺权位，你可知罪。"

"你这个罪臣之相，凭什么说我祸害父王。"太子铮铮地说，"你私运罪后尸体出宫，还私护来历不明的湘王之子，说什么嫡长子，孰是孰非，到底谁是戴罪之身。"

"太子，你如何执迷不悟，现下证据确凿。"

云溪揉了揉眼睛，那是谁？那是湘扬吗，那个一身睥睨天下之气的人，他是皇子？还有他身后，那一个个，父王，湘江，湘王爷，那些人，如何都会出现在这里？

云溪发现，很多人，她都没看透。

子离脱下身上的披风，给云溪盖上，附在她耳边，缓缓地吐息。

"云溪，我走了，你，不要哭。"

子离轻轻挡住了她的眼，他的鼻息喷在她的脸颊上，痒痒的，像是一根羽毛，在触动她的心，尔后，他在她额上印下一个吻，那是他对她最亲昵的举动，她还来不及愕然，子离已经飞了出去，他的速度很快，待云溪反应过来，那道如闪电般的黑影已经倒下了。

他挡在湘扬面前，替他挡下了太子出其不意的一刀，所有人，包括青莲洞主，反应过来的时候，子离已经倒下了。

青莲洞主一挥手，令手下抓起太子及其余党，自己赶紧过来扶起子离："你是云溪的侍卫？你没事吧？"

青莲洞主内心暗自惊叹，自己武力修为如此之高都没看出来太子的动作，还能如此之快地过来救下皇子，此人，还好是自己人，若是敌人，怕是如何死在他手里的都不知道。

哎，只是可惜了，这一刀已入肺腑，怕是救不了了，青莲洞主微微号了号脉，发现这侍卫早已是强弩之末，怕是之前已然受了重伤了，一翻他的身，果然身后密密麻麻，全是飞镖。

"子离……"云溪眼泪止不住流，"子离，子离。"

青莲洞主看了看云溪，叹了口气，云溪这丫头被软禁，太子将她视作人质，定是加了不少防卫。子离，怕是为了救她，才会中了这么多飞镖的吧。

情之一字，最是伤人。

湘扬扶住云溪的肩："云溪。"

云溪不讲话，咬唇看着怀里的子离，眼泪簌簌地往下落，他闭着眼睛，嘴唇苍白，云溪看着自己的手，才发现手上全是他的血，有的，早已凝结。刚刚，在他救她的时候，她的手上就沾满了他的血，只是，她的一颗心全不在他身上，所以，一点都没有发现。

现在发现了，却已晚了。

月缺花残，谁留音婉转，春草妒婵娟，多情从来损少年。

五

时年宫变，新王继位，端王妃为救新王，被太子刺中，殁，追封靖国夫人。

宫廷大选，广纳妃子，其中，云妃荣恩盛宠，数年不变。民间传闻，云妃长相酷似端王妃，云王爷追念爱女，认作义女。

霓裳羽衣一曲复一曲，衣衾薄，宫阙九重，楼高寒重，烟尘过往，一生回首已难逢。

云溪近日身体不适，裹了披风，去太医院抓药。

路过御花园的时候，陛下正同新晋的妃子赏花，云溪步履匆匆，自御花园边走过，身后的小丫鬟一脸愤愤不平，云溪轻轻叹了口气，示意她别多嘴。

端王爷原先是来找陛下上奏的，陛下近日新宠爱的这名妃子是番邦的公主，陛下不管是真心还是假意，宠爱她实属正常，男人的世界原本便是这样，他不觉得丝毫奇怪，奈何，在见着云溪只带了一名侍女，步履匆匆地从御花园经过的时候，他的呼吸还是顿了一下。

他还记得那个明眸皓齿，不知忧愁的少女，可是一转念，她就不见了。

那一晚，她抱着子离，不哭不闹，像一个呆呆的木偶娃娃，只有看见湘扬的时候，眉眼间还有些神采，她喜欢湘扬，他一早就知道。后来，湘扬要娶她为妃，他问她，可愿意，如果不愿意，他宁愿冒着大不韪的风险也要保护他这名义上的妻子，这是他的责任，也是，他的心意。

但是，她同意了。是啊，她喜欢湘扬，他一早就知道的，她又如何不会同意呢？

他那时候是这般想的，可是，她低着头，嘴角泛起一抹笑，他听见她自言自语，她说，"你以为我爱他，用生命护了他，我又怎能不同他在一起，辜负你这般好意？"

"端王，爱妃这小曲唱的怎样？"湘江回过神来，看见早已人到中年的陛下，"娘娘的小曲自是天下无双。"湘江毕恭毕敬道。

曾经的兄弟，如今的主子，曾经的妻子，如今的贵妃，他分得清，他相信，云溪，也分得清。

"云贵妃，怎劳烦您亲自过来。"御医摸着把胡子，诚惶诚恐地放下脚下磨的药。

云溪笑笑："不碍事，方太医也忙，我正好无事。"

"还是那味药吗？"

"还是，抓些吧。"

方太医叹了口气，云贵妃小产过几次，身体虚得很，现下，都要靠药吊着。他弯着腰开始翻柜子。

"这是什么？"云溪指着一株干枯的草问，那株草长着奇形怪状的叶片，已然风干，混在一众草药里。

方太医眯着眼睛："哦，这个啊，这株草倒是有些特别，它叫'不语'，传说一直长在一种绝世名花旁，干涸时会将自己的养分传给花，花死草枯。"老太医继续絮叨，丝毫没有注意到早已脸色苍白的云溪，"爱情里啊，这也是暗恋的意思，那些年轻的小太医,总喜欢用它送给那些个小宫女,这些孩子啊,怕是自卑……"

"娘娘,你怎么了?"小宫女一把扶住脚下虚浮的云溪。

"无事,走吧。"云溪定了定神,走出了太医院,外面阳光正好,宫墙深深,有多少寂寞的故事在上演,又有多少故事被深埋。

一阵风吹来,脸上凉凉的,云溪想起了第一次见到湘扬的那天,融融君子,不敌那月下少年眉眼间的一抹愁。

她一直一直记得那天,自己鼓起勇气同子离告白,忐忐忑忑的样子,子离没有表示,她顾及面子,赌气不理他。子离找到她,送给自己一捧捧青青的草,那时,她很生气,觉得自己堂堂公主,怎么就被他送了一株草。

其实,对湘扬真的就只是印象不错而已,要说多喜欢,一开始真是没有的。故意在他面前表现得喜欢湘扬,也是为了维持女孩子家表白失败的面子,另一方面,也是为了气他的不知珍惜。

气着气着,就变成了后来的那样。

原来,从那时候开始,他们的人生,就已经是一个转折。

宫墙外的一株柳树探出了头,几抹新芽嫩黄一片,像是江南时节最美的花。云溪倚在石凳上,子离,云溪好想你,湘扬已经不是她的湘扬了,可你,却永远是我的子离。

第八笺

秦楼流水锁清秋

香冷金猊,被翻红浪,起来慵自梳头。

任宝奁尘满,日上帘钩。

生怕离怀别苦,多少事、欲说还休。

新来瘦,非干病酒,不是悲秋。

休休,这回去也,千万遍《阳关》,也则难留。

念武陵人远,烟锁秦楼。

唯有楼前流水,应念我、终日凝眸。

凝眸处,从今又添,一段新愁。

——李清照

一

轻纱掩面,手扶琵琶,悠长的调子自我手中缓缓流出,像涓涓细流潺潺淌入心田,抚慰台下那些红尘俗世中喧嚣的灵魂。

弹完一曲《凤凰台》,我缓缓收了琴,下了台,众人如痴如醉地瞧着我的身影,小丫鬟跟在我身后掩嘴偷笑:"姑娘,你总是有这魔力,令这帮登徒子忘了色心。"

我不言语,认真地擦拭着琴身,我要真有魔力,就不会落入这最肮脏的红尘了。

小厮来报,说有人出了千金要见我一面,我点头默许,毕竟不会有人跟钱过不去的,再说了,只是见一面而已。

我对镜拈花黄,淡淡补了下妆容,那人在门外等候,隐隐可见一身锦衣长袍,我示意小丫鬟放他进来,不一会,沉稳的脚步声便停在了我的身前。

"秦烟。"

我惊讶地抬头,见着一张熟悉的脸,怪不得认得我,却是原先与父亲共事的尚书徐昌。

奈何,世事变幻的方向总那么让人摸不透,他与父亲,原先平起平坐,同朝为臣,现下已然朝着两个方向发展,父亲因罪被流放,现下不知在何方受苦。而家眷如我,入了青楼,不才,竟还博了名姓,日日锦衣玉食。可我那可怜的弟弟就没那么好运了,才不过十岁,竟不知卖到何方,做了哪家的奴。

至于徐昌,发展甚好,一路平步青云,听说已官至二品大员,成了皇上的得力助手。

现下，不知这当朝大员找我有何事。

我有些冷淡，这些官场上的事我不懂，也不清楚他与父亲是敌是友，初逢大变，防着点总归不是坏事。

徐昌席地而坐，对我的爱答不理视而不见，他含笑递给我一张纸，我轻飘飘地瞥了一眼，立马愣住了。

那是一纸卖身契，落笔处端端正正地写着秦棋，正是家弟的名字。

我颤着手一把夺过，眼泪"簌簌"地落下，犹记得那一夜，灯火通明，官兵扣住了我秦家人，不满十岁的弟弟瑟瑟地缩在我怀里，被官兵一把拽开，强行按住手指签了卖身契，此后，便再也没见过了。

母亲死得早，长姐如母，我与弟弟感情很深，纵使自身难保，我也时时挂念于他，不忍他流落在外。

我看着徐昌，"你要什么？"我冷静地说。

徐昌的眼里露出一抹赞叹的神色，"怪不得这京中人都传秦姑娘不同凡响，果然是女中豪杰。"

女中豪杰？我自嘲地想，大起大落，经历生死，见惯悲欢，又如何还能弱不禁风哭哭啼啼？一朝沦落风尘，我自是知晓所有的一切，都不过是一个交换。

"姑娘的拥簇中，可有一个叫汪海的。"

汪海？我脑海里显出一张满是胡茬的脸，这人一掷千金，为人粗犷，我印象很深。

"姑娘，可否嫁给他？"我直视他，有些诧异，我嫁于他，这是何意？

"我知道可能如此要求有些唐突，但是，希望姑娘能助徐某一把，徐某日后，自是不会亏待姑娘的。"徐昌诚恳道，"令弟已被我赎身，现下已安置妥当，姑娘可随时见他。"

身旁火炉上的酒温了，发出"咕咚咕咚"的声音，我挽袖给他倒了一杯，垂眸道，"谢谢徐先生，秦烟知道了。"

"姑娘深明大义，徐某告退。"徐昌一挥手，下人捧着一捧金子进来，放在我面前，我细细抿了口酒，味甘，微辣。

听说这个汪海是一名富商，平时为我捧场不少，逢我的演出，少不了他的身影，他寻机会同我说过赎身这个事，我与他不熟，不清楚这人底细，一直没答应，四两拨千斤地婉拒了。既然我已变成了一件货物，那我总得找到最好的买家。

第二日，我加了一场歌舞，台下看官寂了声音，落针有声。一曲舞毕，台下迸发出一阵叫好声，众人这才晃着脑袋，回过神来，我朝着声音望去，果然是闻声前来的汪海。

我透过人群仔细瞧了他去，古铜色的肤，身材修长，孔武有力，眼睛亮晶晶的，有种田间少年的爽朗，又透着一丝狡黠与残忍，一看便知脑装万物，腹有千秋，非温室中人。

"秦烟姑娘，你良婿可有人选？"台下一人叫嚣，"你看我如何？"

另外的人纷纷附和，我轻轻揭开面纱，台下传来一片抽气声。

"抢到此面纱的，便是我秦烟的夫婿，面纱坏了，就不作数了。"我玩笑心起，我倒想看看这个汪海有多大的本事。

但凡有一人抢到面纱定是不会让，而此时若是旁人来夺，面纱坏了，两人就都不作数了。

我想，难度太大，应该不会有人毫发无损地抢到，也没真想通过这个找到夫婿，毕竟，我嫁汪海都嫁定了，即便他并不知晓。

我噙起一抹浅笑，薄薄的面纱朝人数最多的地方扔去，面纱轻飘飘地落下，地下一片混乱，这些人模样甚是狼狈，我好久不曾展露的笑颜展开。

"秦烟姑娘，我抢到了。"一名男子兴奋地拿到我面前，伸开手，面纱被撕成了两半，周围一片唏嘘声。

歌舞坊里的小厮催促众人散了，我看了一眼站在原地的汪海，不禁有些失落，我以为他会来抢的，结果，他根本都没动。

我抱着琵琶回了房间，余光瞟见汪海朝那个抢到面纱的男子走了过去，暗自鄙视，现在过去有什么用。

我垂散发髻准备就寝，有小厮来报说汪海求见，我有些不悦，他怎么还没走，预备让小厮打发了，奈何小厮支支吾吾说阁主收了他千金，打发不了，我只得重新梳妆。

门外那人站在我的画作前，见我来了，偌大的身躯竟有些微微局促，他一手插在口袋里，一手不可查地擦了擦衣角，低着头，见我不讲话，挠挠头，递给我一样东西："打扰姑娘了，汪某怕明日见不着姑娘，是以……"他眼神飘忽。

他手里是一展洁白的帕子，有些皱，但是完好无缺，边角落了一个娟秀的"烟"字。

再熟悉不过，我的手绢，我接过，手帕中心细细密密地用白色的细线缝的严整，不仔细看还真看不出来。

"你缝的?"

他笑得有些自得:"我娘教的,小时候家穷。"

他这一笑豪爽异常,我倒对他好感倍增。

"不知……"他笑完忽又想起些什么,有些不好意思地看了我两眼,我知他想问什么,对他璀然一笑。

"自有安排。"

二

后来我就嫁给汪海了,我是风尘出身,按理只能当小妾,汪海以正妻之礼迎娶了我,一众人等皆笑话他,他也毫不在意。

他是有正妻的,是贫苦之时的发妻,平时不怎么见到,但据说汪海对她极好。

新婚那晚,他揭开我的盖头之时对我说,秦烟,我粗人一个,不知道大道理,但我懂感恩,我不能给你那正妻之位,她跟着我吃过苦,我不能做那狼心狗肺之徒,但我心里,只会对你好。

他说这话的时候,脸被红烛红帐映得红红的,我内心深处不知名的某根线被触动了一下。

我不清楚当初徐昌让我嫁于汪海为小妾是怎么个帮他,之后,也再没见过徐昌,时候久了,我就把这事给忘了,真心实意地与汪海过日子。

岁月真真催人老,红尘多少任逍遥,情抽芽,爱拂晓,浮华名利都忘掉,浊酒一壶,随他看天高云飘青山绕。

汪海平时很忙,但只要得空,便会陪我,带我看遍名山大川，我们甚至在一座山岳脚下的山洞前看了一夜的细水长流，难为他这个没什么耐心的莽汉陪我做这些细致的活。

我身体弱，经不起太多风波，又极喜欢倚楼听风雨的自在，他便耗资替我在海边造了一座阁楼，叫秦楼。

在一个落霞与孤鹜齐飞的傍晚，汪海捂着我的眼睛将我领到了一个地方，松开手的时候，一座秀致的阁楼临着江渚，像一名娉娉婷婷的侍女站在海边翘首以盼，画着浮文的壁沿像展翅高飞的海燕，随孤鹜一齐飞往南边的蒲云。

我爱极在秦楼上吹箫的感觉，天边闲云悠悠，水影澜澜，物换星移，又一季的秋叶于眼前飘落。

这日，江上天水一色，渔民驾着舟，唱着晚歌满载回岸，我斜倚在飞廊上，发丝随风飘起，蓦然，耳边一暖，一股鼻息喷来。

"怎不回屋，这处冷。"他紧紧地抱着我，将头抵在我颈间，一股强烈的海腥味传来，"秦烟，我想你了。"

他出去一月有余，我也很想他。

我回头朝他笑，他沧桑了不少，一头发还是凌乱的，然后倚在他怀中，拿起箫，放在唇边，箫声悠扬婉转，音符随着远天的沙鸥消失在了天际。

汪海是个粗人，他不懂音律，不识字，却很尊重我，时时陪我做这些文绉绉的事，也不嫌烦，每当这时，我总觉得这个粗莽的男子实则是个细腻的人，只是生活太过残酷，他不得不变得残忍，让自己刀枪不入。

这次回来，汪海带回诸多稀奇珍宝，很多甚至市面上根本看不到，我不作他想，一度觉得是汪海的生意做得大，同西域互通较多，直到汪海说要带我去参加一个宴会。

这是当地有头有脸的人物定期的聚会，这次召开，汪海恰巧回来，接了邀请函，他一时高兴，便带我去了。

宴会在当地一名颇有些号召力的商人的院落里，我们去的时候已经高朋满座，我跟在汪海身后，坐在了安排好的席位上。

无非是一些诗词歌赋歌舞满堂，这些在我眼里不过小儿科，奈何我出身不好，未免给汪海惹事，我便安静地听着。

一曲毕，主人颇有些寻味地瞧了瞧我，对汪海讲："早就听说尊夫人大名，不知在下可有荣幸，得尊夫人弹奏一曲？"

汪海哈哈大笑，转身伏在我耳边，"娘子，为夫晓得这些人什么个心思，但为夫也甚有些想念娘子倾倒众人的姿态，不知娘子可愿意？"

我对他笑笑，俯身取走丫鬟递过来的古琴，坐在庭前，合着亭中春花秋月弹了一曲《秋子赋》。

我眼波流转，想到他陪我一起淡看山河，有些庆幸，这辈子，还能遇到他。

琴声在我指尾轻挑起最后一个音符落下帷幕，我收起琴之时许久不见人来取，环顾四下才发现众人浑浑噩噩，还从我的琴声之中未回过神来。

汪海揽住我的肩，随意将古琴扔给了主人，带我下了台，下台之时一众男子的眼神皆在我身上徘徊，汪海毫不在意，颇有些得意地大笑，台尾坐了一名美貌妇人，那妇人身边的男子此番正好不收敛地盯着我，那人瞧着我有些眼熟，细想却是香坊常客，先前为我散过不少家财。

那妇人表情很是难看，出口的声音尖锐异常，打破了先前我弹奏曲子众人的安静。

"不就是一娼门之妇嘛，本就是以此为生，弹不同的曲子，睡不一样的男人，本就以此谋生，有何大不了。"

席上众人本知道我的来历，但被她这么说出来，众人看我的眼神还是微微有些变味，我捏紧了拳头，微微地颤抖，强忍住眼泪，生怕一时脆弱，让别人瞧了笑话去。

就在我深呼吸一口气想坐下之时，汪海夺过身边人的刀，一下挥了过去，那名妇人的头便应声落地，"咕噜咕噜"在地上滚了两圈，速度之快，以致妇人脸上的表情还很鲜活。

现场莫不目瞪口呆，我一时站立原地，失了心魂，在众人反应过来之前，汪海立马拉着我的手跑了。

到门口的时候，室内才一片混乱，尖叫出声。

我呆若木鸡地随着汪海回去，然后看着他收拾细软，一箱箱金银，还有一批批刀枪剑棍。

整个过程，汪海不发一言，他看了我一眼，然后拉着我的手，锁了秦楼，带着我下了秦楼边的码头，码头边上停了一艘巨艇，一批打扮怪异的人恭恭敬敬地立在船上，看到汪海的时候齐声挥起兵器，叫了声"老大"。

我低着头躲在汪海身后，那些绿林之人见了我嬉皮笑脸地跳下船沿，轻佻地朝我吹口哨，汪海怒目而去，一脚踹开了领头的一个少年，那少年约莫十七八，被踹倒在地甚为狼狈，我看他龇牙咧嘴地起来，以为他要发火，却不想他挠挠头，憨憨地笑开：

"老大,这哪家的姑娘被抢来做咱压船夫人的?"

汪海瞪了他一下,揽着我的肩甚为开怀:"这是秦烟,你们都知道的,此番老大我造了点事,带秦烟来避一避,你们待她不客气休怪我剜了你们的眼去。"

那少年带头称是,一众人等俯首。

三

此番,我才知晓,我嫁的夫君,原是那沿岸居民闻之失色的海盗。

海盗从来不是一个好的存在,尤其对于沿海的居民来讲,那简直可称之为煞神。我父亲在世时为地方官员,为海盗苦恼过很多回,每次这些人扫荡一番,周边居民流连失所事小,闹出人命事大,但这批人骁勇善战,官兵也奈何他们不得。

从此,汪海便带着我在海上漂泊,他从来不让我看他们做了什么,我也日日守在汪海替我布置的闺房不出门半步,但每次看他领着手下满载而归,我约莫能猜到他们一路的烧杀抢掠。

这种活计是折寿的,我日日看着他,心惊胆战。

有一次,我问他,为何要做这种营生,男子汉大丈夫有双手不愁饿不死。那时,他杀气充盈的眼眸中流露出了疲态,他说,烟儿,你是不是嫌弃我。

我摇摇头,伏在他肩上,我不是嫌弃他,我只是想跟他这辈子,过久一些。佛祖有云,凡事皆为虚幻,我怕这一世散得太早,下一世,我们就遇不到了。

汪海将下巴抵着我的头,闭着眼睛,疲累地睡了。

之后，我在家无事便日日焚香念佛，希望能求得佛祖谅解，替汪海减轻罪孽。

日子过得飞快，转眼，数月有余了。

我每日吃海鲜腊肉吃得有些腻味，便央阿生给我带些馒头，阿生便是先前那个领头少年。我问过阿生，他为何会跟了汪海，阿生说，自己同汪海一样，年幼失了父母，汪海可怜他，救了他，他感激汪海，便随了他。

我这才知晓，汪海自小是个孤儿，不禁暗暗发誓，若是寻得机会，一定要让汪海同我过上正常生活，然后，给他生个一儿半女，将他从小缺失的那份温暖，一并给他。

阿生回来的时候汪海还没回来，阿生有些紧张地四处看，然后让我快些吃了，我不解，却也因着嘴馋，念桥头老吴家的馒头，便不等汪海，先行解馋了。

馒头掰开，里面有封信，我心里一跳，打开，信的字迹很陌生，落笔处是徐昌，电光火石间，我想起徐昌让我嫁给汪海的那件往事，下意识地，我不想看，但是瞄了前面几行，讲的是汪海的处境，开头便是汪海危矣，我像是被一股魔力牵引一般，一字一句地往下看过去。

那封信里讲了汪海的处境有多危险，还讲了朝廷花了多大的心思要将他逮捕，我看得心惊肉跳，转笔，徐昌又说因他的大力举荐，汪海如若自己归降，那朝廷不仅会不计前嫌，还要对汪海大加重用。

落笔处，大大的徐昌二字。

我隐隐有些不安，徐昌当初让我嫁给汪海到底是何用心，与让我说服他归降可有联系，还是这一切都只是个巧合？

但是，那大大的好处却引诱着我，我每日过得胆战心惊，我多想与汪海在夕阳下携手到老，一起看秦楼边的流水潺潺，看邻家烟囱上的炊烟袅袅。我想，哪怕是有很小的可能，我也要为我的幸福努力。

我的幸福，是与他安然到老，我想，他也一样。

当晚，汪海回来的时候有些疲惫，我给他揉肩，问他如何，汪海讲了朝廷的事，以往，他都不同我讲这些，今日，许是真的遇到了难题。

他说，烟儿，我该如何是好。

我告诉他，秦烟这辈子大起大落，见惯富贵，真心爱的，不过他这颗心，秦烟，愿意与汪海只做那世上最普通的一对夫妇。

他看着我的眼神，一如最初。

这个男子，不论对旁人是何等的残忍狡诈，对我，一直有着一颗赤诚的心，并一如既往对我言听计从，我不消费多少口舌，汪海就听信了我的话，打算投降朝廷。

汪海走的那天，万里无云的海面凭空起了一阵风，这风刮得不明不白，他的副官，一名大胡子的男子指着我大骂，说是我会害得他们永无翻身之地，汪海执着我的手，瞪了一眼副官，副官立马噤了声，他转头温柔地对我说，让我等着他。

那天的天气很好，天边一朵金色的云，海面万里无波，有沙鸥低低地飞过。

我看着他的背影离我越来越远，我的太阳穴突突地跳着，一股强烈的悲伤涌来，我强忍着叫住他的欲望，目送他消失在了天水一碧处。

然后,汪直再也没有回来。

走的时候,他将我安置在秦楼,留下阿生陪我,我日日在秦楼望穿秋水,等他回来,越等,我越沉默。

阿生看不下去了,对我说了实情。

原来,他确实是孤儿,而他的父母,为汪海的手下所杀,那年,他才八岁,他后来投奔了徐昌,徐昌是个有大志向的人,立志报国,一直想剿灭沿海那帮猖獗的海盗,奈何,汪海虽是草莽,却为人精明多诈,朝廷一直奈何不得。

终于,徐昌打听到汪海倾慕京中一名妓,那名妓恰是他旧友之女。徐昌便用我弟的自由之身,安下了我这颗棋子。

阿生,是他安插在汪海身边的一条眼线。

最终,徐昌利用了我想与汪海终老的一颗心,利用了汪海对我的深情,打了一场胜仗。

我的眼在流泪,我的心在滴血,我一把抓住阿生的手,你们把他怎么了,他是真的想归降啊。

阿生叹了一口气,挣脱了我:"姐姐,佛曰:命由己造,相由心生,世间万物皆是化相,汪海他,恶有恶报,你,别太伤神了"。

我无力地瘫坐在地上,倚着桌脚,可佛又说过,放下屠刀,立地成佛,你们如何就不能相信他能同我远走。

"秦烟,我对你不起,可汪海,始终非善类,岂能因你妇人之仁,而害了更多的百姓。"徐昌自秦楼门前走来,带动一室的海风。我的泪簌簌地落下,徐昌,我该怎么办,你害我如此,我该怎么办？从今往后，这世上，就我一人，我该怎么办？

"大人。"阿生朝徐昌走过去，"她一直不肯吃饭。"

徐昌走过来，轻轻扶住我的肩："秦烟，我不想看你空等，但是，汪海他，已被陛下秘密斩首，你有功，我会在陛下面前替你好言，不会亏待了你去，你弟弟也会加官晋爵，脱了贱民身份，你，好自为之。"

徐昌转身，示意阿生随他走，阿生回过头看看我，转身关上门，带走一地的夕阳，一室寂静无声，我在昏黄的光阴下落泪。

空空荡荡的秦楼里突然响起那日他替我杀人时对我说过的话，"我汪海一生心思缜密，唯一做的这件不加考虑的事是为你，我也此生无憾了，只是，要让烟儿与我吃苦，为夫终归愧疚。"

他因不忍我受辱，掩藏了那么多年的身份为我败露，却还担心我同他风吹日晒，我秦烟这辈子，得他一人真心，也算不枉此生。

这天下，是男子的天下，我一介女子，只有自己藏在心尖尖上的那个人，这世上没有了那个人，那我也没了存在于世的意义。

纵使世人千般万般不容他，可他在我心中，只是唯一。

我擦干泪，换上第一次见他时穿的那身衣裳，秦楼前的海岸了无边际，波光渺渺，那些与他度过的时光悠悠，可是，再也不会有一个人，他长着潦草的胡须，穿着一身奇怪的衣服，驾着一艘船，然后，在这无边无际的海面上对我拼命挥着手，告诉我他回来了。那时候的我真的觉得，即便这世上再冷，我也不再孤单了。

但是没关系,他不来找我,我可以去找他。

我抚琴弹了一曲《凤凰台》,那是我第一次见他弹过的曲子,然后,我便投进了这滚滚长江中,这世上,怕是再也不见了我的踪迹罢。

可是,我与他,却永远不会再分离。

第九笺

歌尽繁花在此间

九陌逢君又别离,行云别鹤本无期。
望嵩楼上忽相见,看过花开花落时。
繁花落尽君辞去,绿草垂杨引征路。
东道诸侯皆故人,留连必是多情处。

——刘禹锡

一

这是一处偏远的宫殿，位于皇宫最里边，旁边，便是传说中的冷宫。

宫殿外风声萧萧，几片零落的叶片随着风，落在清冷残秋雨中，黄昏下，偶见一只孤单的乌鸦展开瘦弱的翅膀，在宫墙中摸索，像失去青春的妃子般，干枯着手寻找着青春的归途。

不远处，便是载歌载舞的宫阁之地，一室春暖，玉树后庭花满楼。只几步远的距离，光景变化便如此之大，好似一个洞庭天宇，另一个却是九层冰窖。

这处偏远的宫殿内住了一名窈窕的佳人，她时常披着一身轻纱，娇俏地立在纱窗前。纱窗外人影绰绰，倒可窥见她的倾城之姿，有时候宫中人经过这里，会停下脚步痴痴地望上一两眼。有些不懂事的新晋宫人会诧异地问老宫人，为何如此美的女子会被打入冷宫。

每逢这时，老宫人便会急急地拉不知礼数的宫人走开，寻一处偏僻的地方，再套着耳朵告诉小宫人，这不是什么冷宫，这女子也不是什么打入冷宫的妃子。

这，是那前朝皇帝的居所，这女子，是传说中使三千粉黛无颜色的前朝皇后。

我站在薄纱纸糊着的门后面，偶尔碰见小宫人谈起我的事迹，觉得恍若隔世。

是的，我是前朝皇后，现下，随着杨符被软禁在此，对了，杨符是我夫君。

杨符不算老，也不年轻了，三十而立，正是一个男子大展宏图的年纪，但是，他这辈子，是没指望了，因为他是前朝君王，历史上唯一一位开国帝王也是亡国之君，现下，被新王软禁着，日日需要去上朝，明面上是替新朝祈福，实则是听谏官训斥以长国威。

每日杨符去的时候，我便温些酒，焚着香等他回来，这些香有凝神的作用，如此，我便可安心等他了。

这不小的阁楼时时被我焚的香萦绕着，这些香仿佛长了手一般，一室的花花草草尽被抚摸过，长久下来，花草倒似天生便是带着香一般。

今日外头的风雪有些急，我如往常那般站在窗边，房里有些闷，窗扉被我打开了，呼啸的冬风断断续续地吹进来，花瓶里一枝娇嫩的冬梅都被吹皱了花瓣。

院落里有一株梨树，昨日一夜风雨后，清晨竟点缀开点点白芽，现下，衬着暮色的天穹初放，像是宫廷画师笔下的仙境。

我痴痴地看着梨树上有的芽心还来不及绽放，便被风吹落在了夜幕中，飘飘洒洒地落在宫廷的路边，像是寂寞红颜宫中，花零灯落老死时的小宫女。这一刻，室外凄寒，我的心却有丝丝的暖，我开始想他了。

身后的门轻轻被推开，寒冷的气息陡然间灌满了小房间，带着一丝熟悉的味道，溢满一室。我开心地转过身，杨符一身锦衣，披着一身寒气，提着灯笼进来了，灯笼上有雨痕滑过，像是灯花流过的泪。

杨符的神情有些疲惫，抬头看到我时，眉眼间的阴霾一挥而尽，那张不再年轻的脸散发着少年人才有的神采，他朝我招招手，递过来一只新折下的桂花。

给你的，御花园里的，很香。他说，继而又笑笑，你不会又怪我不爱护这些个花花草草吧。

我挽了挽额角被风吹散的碎发，轻移莲步，走到他身边，笑着拂去杨符肩上的白雪，娇嗔道，你这满头的白雪，倒好似那鹤发老叟，再也不是少年了。

他点了点我的鼻尖，笑道，你夫君，本来就不是少年了。

我捏着头饰上的花蕙，顽皮地点在他的头上，他作势朝我皱眉，我忽而抬起玉腕，一水翠袖掩住半边脸，偷偷嗔笑开，他脉脉含情地看着我的小姿态，我微微挑逗他，一起白头，一起白头，如此甚好，如此恰可一生饶你不休。

杨符的笑微微滞了一下，我知他想到现下不太妙的处境，有些世道多故万端的忧思，我侧过身，伏在他宽厚的胸前，纤纤十指握住他有些粗糙的手，人生居世是为安，岂不若及时为欢，夫君，伽罗会一直陪着你的。

杨符的身子颤动了下，他颔首，下颚微微点着我额头，他的鼻息有些热，和着室内的薰香，风，也好似静止了身影，止步不前，瞧着这一室旖旎，春情秀丽。

炉上的酒热了，酒壶被水扑着，发出"咕咚咕咚"的声音，昨日黄昏后，我在院落里采的一只红豆蔻伸展着枝丫，像二八芳华的小美人般娇嫩着姿态，娉婷在窗沿边静静地看着我们。

二

第二日我醒来的时候，杨符已经不见了，今日日头甚好，一抹光淡淡地照进来，薄薄的被衾被日头照得暖洋洋的，一丝都不见昨日的严寒。

我想起昨晚夜寒，东风彻夜，吹瘦了枝头花芽，我给杨符一杯一杯地倒酒，陪他在月下双人同酌，有些尽兴，饮得过了，一夜后，额头仍有一丝微微的疼，微熏的酒气还在喉间浅染，没有褪去。

外头的梨树，不知昨夜一夜寒雪，梨树刚刚抽出的新芽现下如何。

我披上一身狐裘，推开木门，一股寒气袭来，伴着冷香，潜入心脾，眼前的梨树像怒放了花千朵，几点翠叶点缀其中，春去秋来，枯树逢生，生生不息。

我有些欣慰，瞧着天边初出的朝阳，金色的光斜斜地照过来，四周一片寂静，雪花时时自树梢落下，像穿过庭树落下的飞花。

伽罗。

一道声音唤住了沉醉其中的我，我暗叹口气，转身盈盈一拜，那人一身龙袍，龙飞凤舞，剑眉入鬓，眼似寒星，不怒自威，一看，便非凡人。

他便是当今圣上，文帝，文帝与杨符一脸春花秋月的温厚笑意截然不同，他，或许才是一名合格的帝王。

文帝时常过来，有时闲话家常，有时不说话，就陪我发呆。

今日，他来得有些早，想来，还没上朝。

我身份敏感，不想文武百官对我指指点点，唯恐给杨符带来杀机，又不好明说，只能时常躲着他，偶尔被撞见，也须得四两拨千斤地骗他走。

伽罗有心事？

文帝目不转睛地瞧着我，那眼神瞧得我甚为心慌，我浅浅带着笑，眼神遥遥地侧过文帝，他身后的宫人穿梭不停。

让陛下挂心了，伽罗只是有些不适。

他伸出手，伽罗，我下意识地往后走了一步。

一名宫人捧着木栈站在文帝身后，陛下，时候到啦，相国在到处寻您呢。

文帝看看小宫人，又看看我，欲言又止，拂袖走了，我长呼一口气，定了定心神，朝小宫人给了一个感激的眼神。

小宫人唤伽耶，是我父亲原先一个部下的后代，小时候曾有过一面之缘，时不时，会帮我一下，我感念他的援助之手，他本不必。

伽耶告诉我，文帝对我有些意思，且并不加遮掩，这事在朝廷上下算是众人皆知的秘密。有溜须拍马的人，将主意打到我身上，撺掇文帝杀了杨符，说是前朝之帝终不可留。

这打算想来正中文帝心意，伽耶看文帝的表情看得胆战心惊，便寻着机会提点我，让我注意一下。

我又能怎么注意呢，人世几回伤往事，山形依旧枕寒流。即便有恨有忧，如我这般无奈命运的人，终归会归了海去，然后徒任明月于天上瞧着，伤情随着海东流。

我跟杨符,就如那孤草一样漂泊无依,只能期盼寒风,慢些刮来。

伽耶有一次闪闪烁烁地问我,花复重开,水又东流,文帝雄才大略,莫不如。

我知他是何意,杨符是覆国之君,是没有雄才大略,可是,有些东西,不是优秀就能取而代之的。

有一种感情,能让你甘愿为之半世漂泊,这种感情,叫爱情。

十年前,我正是豆蔻年华,芳草摇曳,时令无涯。

就在我本应无忧无虑的年纪,我的父亲,当朝大司马因宫斗失败,在一个风雨交加的夜晚被逼悬梁自尽了,我的六个哥哥,四个姐姐全部锒铛入狱,后由于父亲前部下力保,才没有被杀,但也差不离,举家像犯人一样,失了贵胄身份,被世代监禁为生。

我随哥哥姐姐每日日头还没亮就穿着粗布衣裳起来耕种,第一个年头,风雨不调,再加上我们一群曾经的公子哥贵小姐,没什么经验,收成很是不好,被为难得很厉害。

就在我大姐被扣押着要被卖入官家当小妾之时,一名年轻的男子出现在了我的面前,他一身锦衣,一看便是哪家的公子哥,他拦下官兵,疏通了些钱财,然后转身朝我走了过来。

你是叫伽罗吗?

他温和地看着我,我警惕地瞧着他,父亲的逝去让我看尽人间冷暖,深知这世上本没什么唾手可得的好事,家中姐妹个个貌美,而我,又是个中翘楚,只是现下年岁尚小,是以还不曾有人将算盘打到我头上，但难保不会有个把人慧眼识美女，提前下手。

眼前的人看起来不过二十四五，没有一般官家子弟的油头粉面，却有一股子悲秋伤春的气质，眉眼间似有一层雾霭，挥散不去，我对他的敌意削减了三分，待到他拿出个玉佩给我，我对他的敌意整个没了。

我认得这个玉佩，因为我也有一块。

我从胸前取出玉佩，温润的玉在日光下发着莹澈的光。我想起父亲临去世对我说的话，他说，这个玉佩本是一对，一块在我这儿，一块给了我未来的夫婿，若有一天，有个男子拿着这个玉佩来找我，让我别犹豫，同他走。

那时小，觉得父亲就是我的全部，父亲走了，我也不想活了，哪曾想，这个后来于田野上对我浅笑盈盈，恁是西风多少恨，也吹不散眉弯的男子，却成了我这辈子即便再艰难，也想与他苟延的那个人。

后来，杨符与当时的王请命，说我是他未过门的妻子，二人早已许下婚约，只差我年纪到便娶我过门，是以，我不能算是叶家人，恳请王能赦免我的罪孽，嫁入他杨家。王准了，我便成了杨家人。

我的姐姐们责怪父亲的偏袒，我却知道，这是他的据理力争，不然，何以我的姐姐们都未婚配，只有我有婚约呢，想来，只是姐姐的夫婿们都不愿出面趟这浑水。

但即便知道他的深情厚谊，我原先也不大瞧得上他，我自小聪慧，天文地理，兵法战术，我无一不精通，总觉得这满腹文人气度的男子，不太适合生在这乱世，这是强者的天下，他，是弱者。

他对我显而易见的瞧不上常常报之一笑，并不以为意，我倒有些不好意思了，待相处日久，杨符的不同凡响渐渐初现端倪。

道墨两家对于如何能永保国泰民安争执不下，僵持多年，我时时手执兵书斟酌两家思想，一日，杨符同我外出春游，路边饿殍遍野，人人面有菜色，杨符叹了口气，水能载舟，亦能覆舟，不得民心，国，又如何长久啊。

水能载舟，亦能覆舟，我默默念了良久，看向那人，那人手执一卷书，深锁眉头，盯着轿外的天，额间的忧思，真真能将人淹没。

我那时认定，眼前这人，腹内必定有一片广阔的天，这片天穹下，定是芳草绿茵，彩蝶竞相嬉戏。

后来，书内有些疑难，我便爱与他讨论，他也不嫌我比他小，又是一介女流，时时耐心地同我解答，竟能解我诸多疑惑，我不禁开始对他侧目。

相处愈久，越能发觉杨符的不同凡响，这不同凡响注定了杨符不可能同我一辈子赌书泼茶道寻常，杨符有自己的路要走。

这条路，就叫君王之路。

三

时年天下三国鼎立，西魏核心人物去世了，新推举出来的帝王昏庸暴戾，天下苍生，愈发水深火热，民不聊生。

杨家原本扶持元姓，奈何拓拔家族的人谋权得了位，拓拔洪又是个喜记仇，性多疑的人，记恨杨家先前的立场，时时为难杨家人，杨家一步步如履薄冰。

凤凰高飞，楼台空了踪影，江水缓缓一片，自流西边天际。天际的浮云缱绻，前一刻还在，顷刻，就不见了踪迹，日头重露了面，刺目依旧，终归流了浮云，避了踪迹。

终于，在某一日杨符那位列皇后之位的妹妹因为一件小事得罪了拓拔洪，拓拔洪要处她以死刑，杨符二话不说，当即发动群臣在皇帝寝宫外跪了三天三夜，拓拔洪这才碍于声势作罢，予以赦免。

此事之后，杨家人过得愈发小心，新帝瞧杨家人越发不顺眼，拓拔家一人为帝，家族势力日益庞大，杨家人已濒临危崖之境。朝中人都懂审时度势，见杨家不受宠，也渐渐远了杨家，杨家之势日危。

就在杨符焦头烂额之际，一个强大的危机降临了杨家：拓拔洪，在一个雷雨交加的夜晚，横死在皇后的床上。

那日，皇后衣冠不整地逃出了宫，见着杨符一脸失魂落魄，杨符很是镇定，他安抚完皇后认真地看着我，然后问我，愿不愿意陪他一起执手看这天下浩大。

我那时觉得我开始看不懂这个男人了，但是有一点我很肯定，那便是我爱他，我点点头，握着他的手，朝他笑笑，伽罗一生靠你庇护，若不是你，伽罗还在那田间，或者一世浮萍，不知被有心之人卖去了哪里，伽罗，自是风雨随君。

杨符做了一件意料之外又情理之中的事，他带领心腹进了皇宫，自立新帝，国号，伽罗。

世人多不知他的皇后唤叶伽罗，以为他们的陛下信佛，伽罗国信佛习俗开始流传，一时，佛寺成群，香火不断，一直到文帝的时候，这一习俗还在沿袭。

我初听到国号的时候有些诧异，杨符此举，是否有些儿戏，杨符的妹妹，前朝皇后找到我，颇有些艳羡地对我说了些往事。

她说杨符本不是个有野心的人，却都是为了我才被逼上梁山，我自是不知所以，细问，她才含含糊糊地告诉我，拓拔洪对我觊觎已久，不时为难杨家，大半是为了我。她为保杨家，曾试图说服杨符识时务地自动将我让给拓拔洪，杨符沉默良久，给了她一包药粉，说是增加床笫之间乐趣的。

她喜滋滋地接走，哪想，拓拔洪直接死在了她的床上。

她走的时候颇有些记恨，说，若不是运气好，杨符这是让我杨家所有人为你的清白陪葬啊，你，好自为之吧。

我看着她的背影，脑子里一片空白，杨符，你这是为了我吗？

自古江山难得，美人易求，你即便是为了我，又能对我钟情到何时呢，我默默地想，没有说破。

前事缥缈，归思难收，几回情误，多怕归舟又远去天际，难识残照当年阁楼，他深情如许，我倚栏杆处，恁难说凝愁。

虽说世事茫茫难自料，普天之下，灯火万家，明月弯弯照九州，但成了帝王的杨符对我一如既往地深情，甚至为了我后宫形同虚设，誓要与我一人终老，我不安的心渐渐定下来。

奈何东风恶，欢情薄，真真差一些，就桃花闲落，再锦书难托。

杨符实际上真是个没有野心的人，他只想同我安安心心地过一辈子，迫于形势所逼，成了帝王。都说男儿心怀天下，我的夫君却是个个例，他日日只想陪着我写诗作赋，我的一颗心日益被他占满，他成了我最重要的人，但是世事难两全，真真美人江山不可两全，杨符的江山被有心之人虎视眈眈，山河于骨髓中破碎，无声无息，让人毫不知觉。

先人言，天下大变，必有异象。

如果说异象，那也许是湘江河边一夜落下的杨花吧。

伽罗国五年间，因为我爱水，杨符斥巨资修了一条栈道，造了一条奢侈的龙舟，载着我浩浩荡荡去了江南水乡小住。

我爱极了栈道边的这条杨花道，纷纷扬扬的飞絮像是一场花雨，绚烂非凡，引行人竟花了眼。

杨符要赶走这些路人，被我制止了，他将我搂在怀里，靠在我身后，像铜墙铁壁般护我风雨不侵。我们像是这世上最普通的夫妻一般，观摩这场杨花的葬礼，我内心升腾起一抹悲伤的情绪，我以为这只是触景伤情，却不想，这不是那场杨花的葬礼，这是杨花为国殉的情。

四

李长卿带着人占领朝堂的消息传来的时候，我无悲无喜，我像往常那般执着杨符的手，将头靠在他的胸前，告诉他，如果他要与国殉情，那我陪他，不用担心我。

我知他不在乎那国，却在乎我，从他找到我的那一刻，我们便相依相偎，伽罗生是他的人，死是他的鬼，眼中再无其他，自然不会如别的妃子一样入了后朝的宫。

杨符悲戚地看着我，摇摇头，伽罗，这一生太短，我怕下辈子遇不到你，我不会轻易与你散掉。

他起身，郑重地理了理冠帽，尔后牵着我的手，站在了滚滚长江东流水前，这座千年古河，不知埋了多少英魂，又沉淀了多少往事呢。

杨符的侧脸英挺非凡，一看，便是顶天立地的好男儿，可是，属于他的历史就要快过去了。

伽罗，我这一生纵使悲天悯人，也没有过心怀天下，我这颗心，满满的都是你，除了你，再装不下其他，我，对不起这天下，对不起这些劳苦百姓，天下给他，我不在乎，但是你，我舍不得放。他看着我，这眼神如此重，重到我恍惚觉得，即便沧海桑田，岁月如何轻擦而过，这沉重，也不会消逝半分。

山河记得，他记得，我记得。

蒹葭杨柳，高城风满楼，汉宫秋不在，多少古今故国事，尽随东来渭水流。

他国史臣不可杀，旧朝帝王不可留，李长卿是个野心勃勃的人，他雄才大略，有统治天下的心，为安民心，改朝换代换的不声不响，国家大赦赦得惊天动地，为博名声，自然，杨符便被放了一条生路，还被好好安置了，我随杨符，依旧地位尴尬地留在了这个繁华的宫殿中，不出意外的话，会直至老死。

今日，文帝走后我提着篮子给院前的花草松土，不知不觉，走到了院后的一棵枯树边，这是一株枯死多时的槐树，现下槐树干枯的枝丫上冒着点点的绿，竟是抽出了些许新芽，嫩芽被日光照耀着，经脉清晰可见，闪着绿油油的光。

我轻抚之余暗自惊叹，不禁觉得，世事真是多变，这老树都能逢春。我想到了我与杨符的意外，那便是文帝对我产生了兴趣。

我知道杨符肯定知道，毕竟宫内闹得沸沸扬扬，他怎么可能不知道，但他一直没问，我也就没讲。

我一心只想着，只愿君心似我心，杨符，你可千万要为了我坚持。

我想起当初在江南水乡之时，我们日日把手同游，于烟波中轻泛兰舟，江上孤鸿缥缈，岸边歌女的笙歌随着繁花落入江水中，彼时，杨花虽纷纷扬扬地落着，韶华于指尖滑落，但这些都与我无关，因为我知道，他会一直在我身边。

同他在一起，我连小憩都不忍，我一刻都不想别了与他共处的韶华。

这世上有多少离人，相思寸寸，赋予琵琶，直至弦断花枯便生华发，直至相思碎成花笺上的落笔生花。

这一生，我只求能够与他白首。

醉也好，梦也罢，挑灯回头，纵繁世悠悠，我自一路随君左右。

楼上灯火明了又灭，烟花不理人事变迁，时时怒放，写遍繁华。尘世的故事开篇又落幕，君王挥千军万马，千层高楼，看不完的流星倾洒，红尘倾国，没了颜色，惊艳一瞬，执手一人，顷刻，成了永恒。

生生世世我不管，沧海桑田又与我何干？我只愿剪那荣华万般，点绛朱唇，等你归来，素手为你煮酒一盏。

而后，双双对酒轻弹，歌尽繁花在此间。

第十笺　花间不记来时路

醉漾轻舟,信流引到花深处。尘缘相误,无计花间住。

烟水茫茫,千里斜阳暮。山无数,乱红如雨,不记来时路。

——秦　观

一

世传有武陵人，平湖后偶寻桃源仙境。

境中桃园几处，佳人倩影，清波深处，西川飞絮后，桃林十里嫣红，落花何如故，一别花飞水自缱绻，渔郎再难寻故地。千叶桃花胜百花，孤荣春软驻年华，独留一人，念桃源旧梦，徒任烂醉，送达春风里。

从此，再没桃花庵里桃花仙，只种桃人酒酐酒醒，花前坐眠，半醉半醒日复日，花开花落，一年又一年。

书生秋暮摇头晃脑地想着一本野史中武陵人桃源一梦的故事，身后已乱红纷纷，不见来时路径。

这处不知是哪个大户人家种的桃林，粉融融一片，甚是美观。恰是春初乍暖还寒时候，细雨疏疏，几支桃桠顽皮地探出稀疏零落的篱笆外，浅色深色的花瓣与晚霞相映，愈发显得红艳。

秋暮正了正衣冠，擦了一把头上的汗珠，看着眼前桃林深处孤零零一座破落的茅草屋，皱了一双细长浓密的眉。

他此番正在进京赶考的路上，路过这个桃林，被一片桃花烂漫迷了眼，进了来，哪知走着走着却迷了路。寻了好久，寻着这处茅草屋，秋暮实在累极，西天的斜阳垂垂欲坠，秋暮只得硬着头皮暂住。

茅草屋的门半开着，秋暮推门进去，室内布置简陋，秋暮摸了把缺了角的桌子，干干净净，没有灰，想是有人住的。

屋顶烂了几块，秋暮放下行李后便拿着梯子小心翼翼地上去修好了，修好后又在灶膛边拾了些茅草，铺在茅屋的角落里，和衣蜷缩了上去。

秋暮实在困,但不等主人家回来,终归有些不妥,秋暮便拿出书本,躺在蒲草上彻夜看书,哪知,越看越困,夜幕降临,茅草屋外的星寂寞地眨着眼睛,主人还是没回来,秋暮实在撑不住了,迷迷糊糊地睡去,这一睡,倒是做了一个好梦。

梦中一片朝飞暮卷,满目云霞翠轩,自己骑着高头大马,穿着锦衣华服,受万民艳羡,原是十年寒窗苦,一朝高中了状元,不仅如此,还取了宰相家的千金。

这梦中的官家小姐生得眉目如画,低眉敛目间,恰是一汪秋水东流,她挽红袖,素手添香。秋暮同她一道执手烟波江上,细听画船中歌女的霓裳羽衣曲,风一丝丝温柔地拂过,韶光穿透梦境,点亮了荒芜的茅草屋。真道是如花美眷,似水流年,良辰好景奈何天。

秋暮睁开惺忪的睡眼,梦中的华丽泡沫般地灭了踪迹,眼前是四面潦倒的草屋,似那姹紫嫣红尽开遍,最后都付与断壁残垣。正有些失落间,忽见一个姑娘蹲在脚边,托着下巴好奇地看着他,娇艳的容颜,明媚了四月的天。

他吓了一跳,莫非是林中精怪?念及此,他往墙边缩了缩,一边盯着这姑娘,却见这姑娘貌美如花,甚至比梦中的妻子更多了几分娇俏。

"你如何来我家的?"姑娘歪着头问,一双桃瓣形的眼睛染着微微桃花色。

秋暮被她这么看着有些不好意思,适才的害怕不见了踪影,说了自己迷路的实情。

姑娘嫣然一笑，说会带秋暮寻找出路，但是有个要求，就是秋暮需得陪她几天，自己自小一个人长大，太寂寞了，想找个人陪陪自己。

秋暮看她楚楚可怜的样子，答应了，心道，不过几天，倒也不耽误行程。

秋暮原先以为姑娘会黏着他听他讲见闻，哪想，姑娘见他答应之后便站起来走了，出门前摸着两条油光水滑的辫子，狡黠地朝他笑笑："我种了一亩地，在后面，你帮我犁一下吧。"

秋暮还没反应过来，怎么要去犁地，不过在家也时常帮爹娘犁地，便一口答应了，姑娘巧笑倩兮："对了，我叫红雨，乱红如雨的红雨。"

秋暮看着一身红衣的背影一蹦一跳地消失在眼前，竟不自觉有些眼熟。

红雨，一片乱红如细雨，游人不记来时路。

这日，秋暮便挽起衣袖，替红雨犁了半天地，中午，腰都直不起来了。红雨来喊秋暮吃饭，秋暮收拾妥当与红雨回去，发现红雨放在屋前织了一半的布，细细的布匹，透着太阳的光，泛着微微的红。

你耕田来我织布，秋暮想到这句话时红透了耳根，他偷偷瞧了红雨一眼，红雨正在布置饭桌，一绺发丝落下，红雨胡乱别在耳后，衬着白玉般的脸，坚挺的鼻尖，真真别有一番风情。

秋暮别过脸去，佯装不在意。

红雨叫秋暮吃饭，秋暮忐忑地坐下，桌上的菜很丰盛。红雨性情开朗，只消一句话，一抹笑便令秋暮放下不安，与红雨讲起了很多好玩的事。

秋暮突然发现,自己同红雨感觉已经认识了许久,久到才刚一见面,便有一种熟悉的感觉,熟悉到,梦中似有故人来,熟悉到,一种别样的感觉直触心扉,酸涩的令他几欲下泪。

红雨熟稔地给他夹菜,秋暮一口一口,吃得异常认真。

下午,秋暮帮红雨砍柴,一株桃树枯死了,秋暮想把枯死的桃树枝砍成细柴,等自己走了,给红雨当柴火烧。秋暮拿着斧子,刚想下手,红雨一把夺了过去,秋暮讶异地看着她,却见红雨红了眼圈。

"秋暮,桃树是有灵魂的,除非它自己有想守护的人,耗尽所有精魂也要守护那人浮世安康,彼时,可以砍这桃枝。否则,砍了,它就再也回不来了。"

秋暮想说,可是,它已经枯死了啊。但是看着红雨悲怆欲绝的样子,秋暮咬着唇,默默地放下斧子,再也无话。

一日很快过去,日薄西山远,红雨一下午都有些恹恹的,秋暮不曾了解佳人过往,也不便唐突,再没说什么,继续砍柴,这次他小心翼翼地避开了桃树枝。

二

第二晚,许是经过一日的劳作,有些困乏,秋暮脑袋一沾枕头便沉沉睡去了。

梦中亭台楼阁,飞檐入天际,佳人正挎着一男子的胳膊在花园赏花,良辰好景一片,想是接着昨日的黄粱美梦了。破屋中的秋暮嘴角挂起一抹笑,破屋中有人花般的美目染了朝露。梦中的妻子异常贤惠，秋暮与他和睦相处，相敬如宾，成亲时日虽不久，却过得和和美美，秋暮觉得，得妻如此，夫复何求，自己这一生，所得已足以。

一日，秋暮正同妻子猜词，玩得不亦乐乎，皇帝的圣旨浩浩荡荡来了院落，秋暮跪地接旨，皇上原是令他去外地上任地方官。秋暮便带着妻子家眷，收拾细软，带上一众小厮，举家浩浩荡荡去了廊州。

一路上所见所闻甚是清楚明了，甚至路边一个乞丐看他悲楚的眼神他都记得清清楚楚，秋暮梦中想，这一切，莫不是真的吧？想到此，梦境戛然而止。

秋暮直起身，坐在蒲草上，窗外的日光直直照满他全身，他发了良久的呆，直到红雨唤他吃早饭。

红雨炒了几道清淡的小菜，本不过简单的家常菜，娘亲时常做，秋暮却吃得回味无穷，好像许久不曾吃过似的。

红雨朝秋暮笑笑："想来，你应该许久没吃到家乡的味道了，我特意做的。"

秋暮不疑有他，自己一介书生，为了省盘缠时常于荒郊野岭借宿，自是很久没吃过几道热菜。

秋暮同红雨说起这个仿若亲身经历的梦境，红雨听后迟迟伸着夹菜的筷子不动，秋暮以为红雨也在惊诧，红雨低着头，埋在光影深处，秋暮看不清她表情。"那你，过得可好，夫人……"红雨顿了顿，秋暮还以为她没话了，然而，她终是说出了口，"夫人，你可喜欢？"

秋暮细细想那夫人的容颜，竟然一清二楚，点绛朱唇，眉目似星染，举手投足都透着一股子大家闺秀的味道，虽然，没有红雨那般摄人心魄，倒也，合自己心意。

想到此处，他偷偷看了红雨一眼，却见她正低头给他夹菜，他脸红于自己的唐突，有些心虚，生怕红雨看透他心里所想，便胡乱地点点头，赞美几句妻子。说完，他又失落地笑笑，"那又怎样，终归不过黄粱美梦一场，现下小生连去京中的路都还没寻到。"

红雨收拾完碗筷径直走过他，坐在落红纷飞的桃树下久久不语。

风有些大，吹得红雨裙裾共发丝同飞扬，秋暮痴痴地看着她，生怕一不小心，她便随了那风飞去，红雨，她不高兴。

秋暮看得有些心疼，这个女子一个人在这里长大，不知今后的岁月中可会有一个人，来温暖她瘦弱的肩膀，替她描一世的眉长。有些分离的忧伤在内心深处蔓延，秋暮无措地发现，自己竟然对这个只认识两天，仅有一面之缘的女子动心了。

今日红雨没了奴役他做事的兴致，秋暮还是自觉地帮她犁田，他不知道，这些年，她一个女孩子到底是如何做完这些体力活的，他想，能多做一些便帮她多做一些罢。

日头很好，秋暮挥舞着锄头不出一炷香的时候便挥汗如雨了，他收起锄头，坐在田埂边休息，随手拿起树下的水袋喝水，水袋拿起后，露出一个方形的砖块，秋暮好奇地拿过来看，这哪是什么砖块，这是一块官印，官印的底部写着廊州知府四字。

有些眼熟，细想，梦中的场景如电光火石般划过脑际，这是梦中的他出任廊州时圣上赐予的官印，被他小心翼翼地装在盒子里，这梦中的东西，此番，不知为何出现在现实里。

秋暮出了一身冷汗，风细细密密地刮过，一时风声鹤唳，草木皆兵，头顶的太阳被乌云遮了光影，秋暮突然觉得有些冷。

红雨突然出现了，她挎着一个竹篮，竹篮上盖着一块红布，香气透过布冒出来，直直勾着秋暮的味蕾。

她仿佛没见着秋暮手上的官印，一点都不好奇，径自麻利地将午膳呈在秋暮面前，午餐是一道"鲤鱼跃龙门"，鲤鱼足足有四五斤，看得出来红雨做得很用心。秋暮惊诧于这菜的华丽，隐隐，有些眼熟，却想不起家境贫寒，甚至一度以桃子果腹的自己何时见过。

红雨如初见时一般蹲在田埂边看着秋暮吃饭，秋暮有些不好意思，她却毫不在意，两个星般的眸子发着某种光芒，她看上去有些郁郁，衬着这不知名的光芒，像极了黑夜里的繁星，指引秋暮，前进的方向。

"红雨，我得走了。"他想了想还是说出了口。

红雨叹了口气，站起身，一树的桃花在她背后嬉戏追逐，轻柔的身姿甚是惹人怜。秋暮花了眼，一瞬间觉得，一身红衣的红雨，也像是这桃花中最绚烂的一朵。

红雨有些失魂落魄地看着他，良久，喟叹般地问了句："秋暮，你可愿放弃那荣华，陪我一道细水长流？"

秋暮红了脸，一时不知如何是好，纵然他爱慕着这个女子，却也还没发展到这般境地，他是个感情有些沉闷的男子，热情奔放向来不是他。更何况，男儿志在建功立业，名垂青史，哪能凭空苦读那十年寒窗。念及此，虽有些不舍，秋暮还是礼貌地拜别,他说自己一介书生,没什么立足之本,想早日考取功名,届时,为了感念红雨这几日招待之恩,一定前来接她。

秋暮说这话的时候没敢看红雨,他觉得自己说得已然够直白,只是,他不是那空许佳话的登徒子,自然也不便将这许诺说得太过明显,他觉得,红雨应该能懂。

红雨一言不发地走了,徒留一地落红,春风不解心头事,只向西边晚霞红。

想到即将别离,前路不明,亦不知何年再相见,秋暮没了心思,跟着红雨回来了。

夜幕下,红雨带泪不语,秋暮以为红雨在伤别离,有些不知所措。

红雨看着他,给了他一枚桃花木,深深的颜色,像是沾染了墨汁,经过岁月的沉淀,呈现的暗沉色泽。

秋暮接过,之后眼前渐渐模糊,便再次睡着了。

三

这一夜,梦境如常接着昨夜。

秋暮随着队伍,一行人浩浩荡荡地出发,途径幽州之时,听说幽州有一片至美的桃林。

地方官热情地用一道华丽丰盛的"鲤鱼跃龙门"招待秋暮,秋暮看着那道华丽的菜肴,有些熟悉,却又想不起何时见过,倒是高中之后酒宴吃了不少,许久没尝过娘亲的手艺了,有些想念家中清淡小菜。

胡乱应付完之后,他便抛下新婚的妻子,一路探问,来到这一桃园,观赏人间四月芳菲尽,山寺桃花始盛开,眼前的桃花洋洋洒洒,他站在这片粉红的世界前,忘了呼吸。

这处桃林,多像他小时候家门前的那一棵。

思绪纷飞,他想起了小时候。

他自小家境贫寒,爹是屡仕不中的落魄书生,自觉无缘功名,便将希望寄托在他身上,学业上待他极严,每次学业出一点错他都会被严厉责罚。

每次,他被爹爹用藤条抽了手掌,都躲在桃树下哭泣,桃树纷纷扬扬洒落一地花瓣,似温柔抚摸他的一双手,无言地安慰他。

那时,他好奇地抬头看天,天被桃红晕染成了粉色,他觉得桃树真像个温柔的姑娘。

乱红如雨,这桃树姑娘,也许唤红雨呢。

有一年旱灾,雨水干涸,家乡庄稼颗粒无收,田里庄稼枯死一片,哀鸿遍野,乡人苦不堪言,唯他家桃树密密繁繁开满了花,夏末秋初结了一树的果,让他在那段艰难的日子里,得桃以果腹,不至于饿死。

第二年,一场瑞雪兆了丰年,农田里硕果累累,举目一派丰收之相。唯独这株桃树整整干枯了一季,他等了许久,也不见它抽芽。老人说这株桃树怕是成了精,耗了精气,才在灾年结了一树的果,丰年休养生息,开不了花,这可真是一株重情重义的果树。不然,贫穷如秋暮一家,都得在灾年饿死。

他那时一脸希冀地看着桃树,多希望老人说的是对的,如果桃树真的成了精,那一定是个漂亮的姐姐,彼时,他一定要娶了她，好好待她。

他站在桃树下默默地想着，轻抚它的树干，干枯了一季的桃树静静抽出了芽，他高兴地不知所以，一把搂住了它，怀里的树干仿佛轻轻颤动了一下，那时，他的一颗心纯粹又热忱。

后来，他进京赶考，如愿高中，载誉归来后，却发现庭后空空荡荡，只余一个光秃秃的树桩，枯井残垣，再没桃树的身影。

他伏在树桩上哭了很久，都说男儿有泪不轻弹，他想，或许只是未到伤心处。

他爹看他不吃不喝，实在伤心，叹了口气，同他说了实情。

说是在他赶考之后，做了一个梦，梦见这棵桃树化身成了一名美丽的红衣女子，红衣女子对他说，她是这桃树的精魂，一直守护着秋暮，但她不能离了这桃树。现下，秋暮进京赶考，京城山高水迢，她想一路随秋暮，是以拜托他将桃树砍了，这样，她虽失了本体，但可以护的秋暮高中状元，她也算功德圆满了。

他抓着爹爹的手，问她失了本体会怎样，爹爹摇摇头，也不知晓。

书有云，精怪修行之道，在于本体，若失，长此以往，必灭精魂，日趋消散，化为青烟一抹，世间再无踪迹。

秋暮一梦惊醒，大声叫"红雨"，周边一片寂寥，无人应答，风声簌簌。

这四周，哪有什么破茅草房，哪有什么红衣女子，自己此番伏在一处石碑旁睡得正酣，身边是印着"廊州知府"四个大字的官印，恰是梦里的那一枚，也是田间的那一枚。

只是现下，倒不知庄生梦蝶，还是蝶梦庄生了。

一片桃花落下，秋暮愣愣地伸手接住，桃瓣纤巧，恰似梦中人的眉眼。梦中那个巧笑倩兮的人，仿佛从未出现过一般，只剩眼前一片桃花烂漫。

桃花深处似有人影飘过，再细瞧，却是树干幢幢。

风吹起，黄粱梦醒。

远处一队人马赶过来，为首的，是自己新婚不久的妻子，旁边是接待自己的幽州知县。

秋暮这才想起来，是啊，自己早已经中了那状元了，此番是去廊州上任的，途径幽州，听说有片桃林，难忘幼时那棵庇佑自己的桃树，是以前来感怀一番，却不想，这一来，倒是别有一番奇遇，现实恰似在梦中了。

秋暮伸手，手中是一棵微微散发着香气的桃花木，红雨那张脸在脑海中越发模糊，渐渐地，成了一朵烂漫的桃花，飘入云层深处，再不见了踪影。

妻子焦灼地执起他的手，问他有无大碍，他疲累地看着她，摇摇头，问他走失了几天，妻子说，恰好三天三夜。

秋暮问当地官老爷，桃花林中可有人居住，官老爷摇头，秋暮执意让他带他转了很多圈，除了一片纷纷扬扬的落红如雨，确实什么都没有。

秋暮抬起脚，跨入桃林深处，随从想跟上，秋暮挥挥手，示意他们退下，妻子看了他一眼，默默地立在原地，看着秋暮的背影消失在了曲径通幽处。

秋暮撩开细密的枝丫，一路追寻而去，前方似有佳人，脚下无尘，佳人遗世独立，左顾右盼，偶然间回眸一笑，颠倒众生。

再细瞧，已然失了踪迹，如梦中幻境，佳人难得，自一别之后，再无倾城之色。

秋暮大汗淋漓地停下，伫立在一棵桃树前，久久不言语。

寂静之后，身后又似有脚步声，猛然回头，桃花嫣红，带着昨夜宿雨沾上的水滴，远处柳叶弯弯，似美人黛眉，点染春烟，旅人走得太远，早看不透来时路程。

成名后，我渐渐忘了年少时倚过的桃树，梦醒后，终归，还是忘了花间寻你的路。

第十一笺

花浓春重恐冬风

东风夜放花千树。更吹落、星如雨。宝马雕车香满路。凤箫声动,玉壶光转,一夜鱼龙舞。

蛾儿雪柳黄金缕。笑语盈盈暗香去。众里寻他千百度。蓦然回首,那人却在,灯火阑珊处。

——辛弃疾

一

薄雾渐渐变浓，晕染般浅红的花色也愈发浓墨重彩，一女子清脆的笑声自浓雾中传来，若隐若现的身影，翩若惊鸿。

她荡罢秋千，泛毕轻舟，睁着大眼睛瞅着，到处寻找新的玩意，眼前花丛纷繁，五彩的蝴蝶争奇斗艳，她小心翼翼地撷了朵浅蓝色的花，举在眼前新奇地看着，用贪恋春景，暮色很快降临了。

不远处的农田里，农人劳作完毕，扛着锄头，唱起了归歌，青衣女子闻声寻望，惊到了花丛中的鸟儿，鸟儿振翅高飞之前还回头瞧瞧她。

青衣女子调皮地朝鸟儿吐了吐舌头。

"羽，你夫君托我带话啦。"一名个子只到寻常人膝盖的老者拿着一片绿叶子，气喘吁吁地跑了过来。

唤羽的青衣女子噘了一下粉嫩的小嘴："他烦不烦啊，人家还没玩够呢。"

她摸着垂在身前水光光的发，一转身又想走，白胡子老爷爷使劲地拽着她的裙裾："哎呀，你这精卫，怎如此绝情，你夫君都快望眼欲穿啦。"

说罢，将一片绿叶子递给她，又看了她两眼，叹了口气，愤愤不平地挺着胸，模样甚是滑稽："我可是把信带到了，看不看随你啊。"说完这话，矮个子老人"哧溜"一声便钻到地下不见了。

却原来，是个土地公公。

唤羽的女子将叶片揣进胸前，又继续玩，陌上山花开无数，彩蝶纷扰自风流，此处景致，一点都不同于碧所在的蛮境，自己怎么一时糊涂，就同他在一起了呢，羽想着便情绪低落起来，也没了玩的心思。她想，或许是碧为幼小的她遮风挡雨，自己从小受他照顾，也没见过旁人，自然而然便同他在一起了吧。

对了，碧是大泽之荒的一株松树精，也是她结发不相离的夫君。

现在她长大了，翅膀那么强壮，可以翱翔九天间，抵御最强烈的暴风雨的袭击，渐渐地，她越来越少同碧在一起了，碧为她留的那一方绿洲，已不能满足她了。

羽想了想，自己是不是应该同碧表露心迹，自己与他，终归不是一路人，是啊，哪有鸟同树结为夫妻的呢，既然发现不合适，就提早结束吧，免得蹉跎。

羽拿出怀里揣着的家书，一道绿色的光圈从叶片中飞出，绕着羽缠缠绵绵，碧的细语伴着情谊流出：山花烂漫处，陌上彩蝶飞，为恐吾处景不在，伊人恰可缓缓归。

碧的语音落下，山腰边的桃花灼灼、绿叶蓁蓁。

碧可真是个好夫君呢，可是，可是，我更爱自由啊。

羽收起叶片，展翅高飞，村里的孩童看见天上一只五彩斑斓的鸟儿遁了踪迹，揉揉眼睛，一手拿着糖葫芦，一手牵着娘亲的手回去了。

羽风雨兼程不停歇，头顶的日头起了又落，不过十日，就到了，大荒之泽。碧化身成这世间最俊美的男子，正在翘首以望。

羽收了翅膀，落在碧面前，碧看着她，不说话，就这么笑着，荒凉的蛮野顿时飞花满天，仔细看，却原来是栖居在碧身上的小精灵，此番，正挥舞着翅膀绕着他们起舞。

"羽，你可回来了，碧等你等得叶片都快枯了。"一只小精灵调皮地附在羽的耳边讲悄悄话。

羽低着头，绞着手，碧停住了笑，眉间一缕担忧："羽，你有心事？"

羽咬了咬唇，终于鼓起勇气，对碧说了出口，她说："碧，我们解除婚约关系吧，我们一个是树，离不了这片地，一个是飞鸟，离不了苍穹，我们，终归不合适。"

天上纷纷扬扬的花收起了翅膀，刹那间，全部落下。碧没有讲话，他的唇苍白，眉上结了霜，一片雪白，羽从没见过这样的他，可她还是决定继续残忍下去：

"我出生便在这里，我熟稔这里的每一寸气息。

"我知道，春天花香从东边的山头飘来，会在吹到叶片的时候散去两个方向；我知道夏天的骄阳最是热烈，前方有一片荷塘，开满芙蕖，红的粉的，蜻蜓会在最中心的那几朵上流连；我知道秋天的山野一片金黄，几千年来，如何映红西天的斜阳；我更知道，冬日的大雪纷飞，万物遁了踪迹，蓝天白雪，是何等纯澈。

"可是，我陪你在这里守了千年万年，这里哪怕再美，在我心中也已化作寻常。我有时候甚至有点恨你，我觉得是你禁锢了我的翅膀，束缚我去寻找更美的方向。

"所以，碧，我想离开这儿，远赴他乡，去看另一片风景，读更多的故事。"

心里有丝缕缠绕，阻止羽说出这一切，羽狠狠心，假装忽略那窒息的难受，装作毫不在意地看着他，她想，选择了，就得做出决定，她是精卫，有填海的决心，又怎能，为了一株树，而放弃整片天空呢。

"羽，你决定了吗？"碧垂着手看她，眼里无悲无喜，"既然羽都决定了，那就去做吧。"

碧都没有留她呢，没有欣喜，反而，有些淡淡的失落，羽朝碧挥挥手，深呼吸一口气，甩开那淡淡的失落，转身洒脱地走了。

身后的碧化作一棵雪松，碧绿的叶片开始凋零，纷纷扬扬，落了一地。

离碧越远，羽心中越悲伤，悲伤发酵，最后成了翻江倒海的情绪在纷涌，羽甚至飞不下去了，落在一块石边，悲伤地耷拉着头。她想回头，她心里有一个缺口，越来越大，缺口排山倒海，飘出一股悲伤的气息。她，几近失去了朝前的勇气。

然而，她是精卫，她告诉自己，她要阻断了自己回头的勇气，然后用翅膀擦干泪继续朝着更广阔的天地飞去，最后，化作天边越来越小的一个黑点。

她想，也许过过，情绪就能平复一些，她就能不那么悲伤。

也许过过，那段情在她身上留下的痕迹就能消失，不是吗，毕竟那时年少。

二

后来的后来，她飞遍了很多很多的地方，看尽无数风景，经历各种离合。甚至，结识过另一只高飞的鸟。

那是一只鲲鹏。

史书载，北冥有鱼，其名曰鲲，鲲之大，不知其几千里也；化而为鸟，其名为鹏，鹏之背，不知其几千里也，怒而飞，其翼若垂天之云。

那是一只展翅高飞可遮天蔽日，暴怒之时堪使九天失色的顶天立地的神鸟，初时，羽甚是崇拜他。他携着羽飞过一段时间，可他时时忘却羽根本没有他快，羽经常被遗落在身后，独自经历风雨，鲲鹏甚至忘却了她的存在。

她每次使劲地扑腾着翅膀，只能看着眼前的鲲鹏恢宏的背影，汗水浸湿了她珍珠般的眼，她眼前浮现了那棵傲立天地的松，想他，也是这般高大呢，可他，从不会忘却渺小的自己，夏日，留最甘甜的露给她，秋日，携最甜的果给她，他完全，可以不用做这些的啊，她是鸟，想吃什么吃不到呢。

可是，那种被细心对待的感觉，原来那么珍贵，而她，现在才发现。

她的眼睛渐渐模糊，她开始感到孤独，感到累，感到冷，她开始，想念他。

她渐渐地慢下来，鲲鹏很快把她甩在后面，她消失在了他的视野里，他甚至都没发现羽的消失。

离开鲲鹏的羽蜷着翅膀，立在群山之巅，落寞地看着眼前，云雾缭绕，仙气飘飘，凡界的时光飞般划过眼角，想来，离开碧已过很久了吧。

风起云涌，沧海桑田。

发了片刻的呆，羽有些饿了，她重新展开疲累的翅膀，独自飞下山去觅食。

有他在时，她多想日日展翅高飞，他不在时，她想歇歇，却没了遮风挡雨的地方，她只能不停地向前，哪怕前方再也不会有彩虹。

她现在才明白，她原先那么热爱自由，只是因为知道他始终在那里等她。

天边的斜阳懒懒地挂在山头，散发着暗黄的光芒，羽在这个落日的黄昏，邂逅了一对这世间最普通不过的夫妻。

忙碌过后的农人扛着锄头，一脸喜悦地朝田边的妻子挥手，额上晶莹的汗珠，在古铜色的脸颊上滑过纵横的沟壑，垂垂欲滴，农人无暇擦拭，快步小跑，挽着妻子的手，一同走向小路深处。

妻子眉眼间带着笑，那真是这世间最美丽的花。

夕阳下的背影很温暖，那种感觉，仿若茶叶至沸腾的水中舒展而下，于瓷碗底部尘埃落定。

这一刻，羽多想念与碧岁月静好的模样。

这一刻，她无比地想念那片广袤的土地，那个宽广的胸膛。

脑海中浮现的，是碧如海洋般深沉的爱，如山岳般静立无声的等待。

在她还是一只雏鸟时，碧默默地为她遮风挡雨，在她展翅高飞时，碧默默地在大荒之泽等她回来，静立如山的姿态。

她总是觉得寂寞，其实，无论灿烂之夏花，还是静美如秋叶，那株沉默的雪松都在无声地陪着她，千年万年，细水长流，从不曾离开。

原来，她追寻的，他早已给予，只是给予的太多，太久，只是他，太沉默。

一阵风吹来，乡野边上的叶片簌簌落了一地，像极了她离开的那一夜，一颗颗打落在地上的雨珠。

羽的唇边绽开一抹笑，这么多年来，她从未笑得这般开心，她再度展开翅膀，朝天际飞去，她想，她终于看清自己的心了。

她的心，在他那儿。

归心似箭，羽一日直飞九万里，风雨兼程不停歇，不出数月，羽又回到了那片熟悉的地方。只是，荒泽边境一片荒芜，花草皆绝了踪迹。

羽远远地看过去，大荒之泽入口没有他的身影，她定了定心神，没关系，自己当时不是说了吗，再也不回来，碧不等自己很正常啊，再说，都已经过了这么多年了。

这么多年，他会不会已经寻着另一只鸟儿了呢？

她收起翅膀，急急地朝碧的本体走过去，笑容渐渐凝固在嘴边，原本的碧林四野，原本的花红灿烂，原本飞舞不歇的小精灵，原本谦谦君子，温润一笑如百花齐放的羽，都绝了踪迹，去了哪里？

一阵悲伤起，如有预见般，羽的泪一滴一滴落下，干涸的土地长出了一根细细的茎，花径抽出细芽，一朵细嫩的花柔柔地舒展姿态，花朵闪出淡淡的光晕，一个若隐若现的身影浮现在羽的眼前，却是个粉色的小花妖。

羽认得，这是凌月花，生命力最为顽强的花，无论枯死多少年，滴水即生。她一看到羽，一双潋滟的眼睛立马瞪大了，掐着腰，指着羽开始骂起来，"你这家伙，还回来做什么。"

"碧呢？"羽擦干泪，抱着一丝希望迫切地问。

"你这只没良心的精卫，你还关心碧？你走之后，碧茶饭不思，日日坐在蛮境边枯等，没把你等来，倒等死了，他本是我们的本命神，这一块都是因他演化而生，他死之后，这一块都枯死了。"

凌月花说完便收了花苞，看都不看羽一眼，元神一下钻到花里，休养生息去了。

羽顺着凌月花指的方向看去，一棵巨大的枯树寂寞地竖立在这天地间，树身干枯，早已失了水分。她一下瘫倒在枯树身上，抚摸着早已风化成木的碧。

碧，她的碧，她的碧，如何，就成了这副样子。

羽无力地靠着碧的枝干，月亮悄悄爬上了西天，夜沉如水，星河灿烂，恰似记忆中你的眉眼。

她想起第一次见到碧时，那是夏末时节，月华洒满池塘的芙蕖，红的粉的，一片融融之景。

她瑟瑟缩缩地站在一棵巨大的树前，她莫名地掉在这儿，她能感受到树身上传来的强大的力量，她抖着翅膀，颤颤巍巍地说，"你，你别吃我。"

树发出一阵好听的笑声，然后抖落一地的叶片，眼前出现一名白衣男子，修长浓密的眉，莹白的肤，乌黑修长的发一直垂到脚踝，他伸出手，示意她过来。

她怯怯地迈开小爪子，鼓起勇气走过去，跟他说了声，你好。

碧的手轻轻覆上她的背，抚摸着她的毛，他的手很温柔，很温暖，暖到，她再也不想离开。

可是，时光漫漫，记忆居然盖上了尘埃，让她忘了他是什么样的存在。

一梦惊醒，而他，早已走开。

红颜不在，梦中人已离开，谁能许她一世流年，随她看遍桃花开落此间。

三

再入凡尘，羽投身成了官家小姐，唤青羽，许是上一世的记忆太深，青羽时常梦见一只鸟与一棵树。

梦里，鸟儿依偎着枯死的树，时节轮转，海渐渐枯萎，山石腐烂，沧海转眼成了桑田。

每一次梦醒，青羽总会沾湿一片衣襟。

十六岁那一年，青羽嫁于当朝王爷碧穹为妻，碧穹掀开盖头的那一刻，青羽没有任何疑惑地笃定，他就是那棵树。

烛光剪火，碧穹含笑递给青羽一只白瓷玉杯，青羽大红嫁衣映红了娇白的颊，青羽目不转睛地盯着他，如果，梦里是真的，如果，他是那棵树，如果，自己与他缘分还未尽，那么，自己这一世定是要好好待他的。

仰头，交杯酒一饮而尽，大红帷帐落下帷幕，多像一则美好的故事尘埃落定，可是，不是的，另一个故事才刚刚开始。

青羽与碧穹，还要执手走一世。

这是一个乱世，而碧穹，恰是这乱世中挥斥方遒之英豪。她与碧穹成亲后不久,前朝便自风雨之中轰然坍塌了。

碧穹是前朝王爷,却是个异姓王爷,碧穹又是马上将军,为前朝立下赫赫战功,拥簇者甚众,是以,在碧穹也加入这争夺天下的队伍之时,毋庸置疑地,各路英豪齐聚麾下,碧穹之势,一时锐不可当。

本是情浓花重时节,碧穹便抛下新婚的妻子,带兵打仗,青羽便时时独守闺房,寂寞时,青羽喜欢对着庭院里寂寞高挺的雪松发呆。

这棵雪松,多像梦里时时出现的那一棵。

王府地处西北,气候常年干冷,下人们便时常见着这位孤单的王妃立于雪松下缝衣裳,狐裘,战袍,一件接着一件,许久不见她停歇。

青羽想,缝完下一件,他就该回来了吧。

可是,碧穹一直没有回来,青羽有时候恍惚觉得,自己许是在还债,在尝试上一辈子,碧穹尝过的滋味,老天爷甚至还恶趣味地没有让她失去前世的记忆,让她连抱怨,都不得法。

式微,式微,这一世,我多想你身在处,我心归。可是,君在天涯,我在海角,君心,难知晓。

青羽有时听说书人讲起她的夫君,讲他醉卧沙场,狼烟喧嚣,歌罢舞罢,梦中生华发。

世人都道他,必登上那九重宝塔,君临天下。

说书人惊堂木下,一室人鱼贯没了踪迹,西天边光阴落,青羽依旧纱帽一顶,白酒半盏,静静坐于堂前,想那记忆中越发清淡的容颜。

女子浅酌酒，含笑苦涩地想，这一世，他是英豪，而她，却不是那佳人，亦没有添香的红袖手，自己要如何鼓起勇气，才能与他一起淡看流星划过天际那一刻的飒沓？

如此这般，岁月如旧时酿的一壶老酒般绵长，炊烟细缈，一擦而过间，便过了那么些年，这些年间，青羽托人带过一个香囊给碧穹，来人回话，说是带到，王爷收下了，并放在怀中。

除此，再无故事。

一日，门庭冷落的旧时王爷府突然门庭若市，青羽听着下人惊喜若狂地来报，说是王爷回来了，哦，已然不是王爷，怕是就快要叫君上了吧。

说书人嘴里的千古一帝，前世痴情守候的记忆，青羽焚罢一支香，缓缓地换上一身浓墨重彩的装扮，配着一张清淡的脸，号令一众仆从，浩浩荡荡地去给碧穹请安，迎接碧穹荣归故里。

他瘦了，他黑了，他沉默了，他，再也不是她的他了。

青羽淡淡地给碧穹请安，碧穹饱经风霜的眼神在看见她的时候淡淡地笑开了，阳光下，笑得如初开的扶桑花般出尘不染烟火。

青羽一时看花了眼，恍惚觉得，他还是前世那株只为她情深的雪松。如果，不是看见碧穹携着的那个女子，青羽怕是真的要忘情了。

就在不久前，碧穹频传捷报，而青羽的闺房外开了一株并蒂花，丫鬟见了都称祥瑞，青羽却忐忑不安，几次做针线活时被针扎了手，寻得机会，去山外小庙朝拜，寻了签，老僧给了一句评语：几曾见、香旖旎，今朝影落琼杯里。

回去后不久，路过茶楼，果得见说书先生传开，说是碧穹千辛万苦打的这最后一仗，被敌军钻了空子，生死无寻，就在部下默哀之时，碧穹身披铠甲，坐高头大马回来了，马后，藏了一名娇俏可人的女子。

　　传言敌军誓死反扑，碧穹身受重伤落难荒野，于那荒野之中奄奄一息之时，得这名女子相救，伤好之后，碧穹感念女子情谊，与佳人互许情愫，结子同心香佩带，帕儿双字玉连环，至此成就一段旷古奇说。

　　说书先生却不知道，碧穹，原是有妻子的，青羽苦涩地想，怕是，碧穹自个都不记得了罢。

　　至此之后，青羽算是彻底断了那颗期盼的心。

　　前世的情债，今生，怕是还不了吧，也罢也罢，那便成就你一段奇缘吧，两人的事，三个人蹉跎，终归不合适。

　　原来，我以为前世我负了你，今生本想好好地还，却不想，我还是太过痴心妄想，凡事本没有那么容易反悔，错过了，便是错过了。今生又遇着你，我原先以为是奇缘，可是，心事终归还是虚化，那我，又何必空劳牵挂，水中月，镜中花，留着看很美，可终归是假。

　　碧穹回来后忙碌非常，青羽未见着他几眼。

　　在碧穹得空来见她之时，房间已然空了踪迹，整整齐齐的床侧之上，留有书信一封，书信扉页几个娟秀的字：碧穹亲启。

　　书信自碧穹手中滑落，从来宠辱不惊的帝王乱了步伐，推开门，四处寻找，不得伊人身影。

　　碧穹想起城中最高的城墙，手中握紧扶桑花香囊，一路跑去，站在高墙之巅，遥望人群，昔日九州崩于前而不动声色的王啊，白了你黑发，乱了你年华的那个人，前世今生，可还在你心上？

青羽背着简单的行囊，遥遥地看了一眼万民之巅的碧穹，那人拧着的眉眼可是在为另一个她而焦虑？

青羽默念道，碧穹，从今往后，从春到夏，我就再也不陪你了，希望另一个她，能够陪你执手看天下浩大，希望那个她，再也不会如我般，那么让你等了。

碧穹登基那日，孤单一人行礼祭祖，身侧皇后的位子空着，天下人不得解，经年后，传言才一丝一缕散开，却道当年，皇后于入宫之时不见了踪迹，徒留书信一封，再难寻得消息。

人生百年，不过几个今日，春去秋来，转眼间，老已将至。时光真是如江南断桥边的流水，细细长长，不惊动天下，却于蓦然间，红颜殁，繁华没，再没了声响。

江南景致甚是温吞，日复一日，便不知今朝明朝是何年，青羽时时发呆，撑着下巴坐在拱桥边上，朝时看水缓缓东流，暮色下陪着日头从西边摇摇欲坠，一忽儿，年华已不在了好些。

四

年少时，碧穹四处征战，常年不得家，每次回来，便弥足珍贵，本应好好温存一番，青羽却像待字闺中的小姑娘一样羞涩，不知如何是好了，她矜持地在书房坐着，拿着书假装在看，其实都在偷偷瞄他，看什么，都不记得了，但是有一幕，她却记忆尤深，到现在都不曾忘。

那是一个女子写给自己征战沙场的夫君的书信，到现在，青羽都记得那内容：

结局藏于书中，千年情愫你可懂？你生而为龙，我添香挽红袖，堪堪为卿煮酒。怕你眉眼依旧，拂肩上白雪，披青裘。那红衣纤纤，与你并肩，可是我？我可能够与你看遍繁华，执手并肩，齐看天下浩大。

怕怕怕。汨罗江边，屈灵均之辟芷，纫香佩以秋兰。其乃高阳苗裔，皇考伯庸，虽谢过荣华，却香留华夏。妾恐非倾城，挽子青丝，对镜细语非故人。如是与君相决绝，不教生死作相思。

那时，她还未能体会书中女子的情丝，一点都不能理解，为何浓情蜜意之时，这名女子会有这样的忧思。后来，她懂了，懂了之后，她没有等碧穹用行动告诉她自己变心，便怯懦地挎着行囊自行走了。

前世，她是一只勇敢的精卫，这一世，她却成了如此胆小的女子，细雨筱浠几度醉，花开雾叶半地灰，爱太重，这情绪太汹涌，她始终不敢面对，除了走，还能如何？

每日，青羽挎着木篮，去小桥边的河沿采桑叶，河中央有小舟划过，舟尾留下一条断断续续的水痕，泛着盈盈的波光，行人游客结伴自身边走过，偶尔，能从他们嘴里听到碧穹曾经的英雄事迹。

想必，你现在自有如花美眷相伴，我也独自看过似水流年，江南古镇的时光绵长，一不小心，也是落于此数年了。我时时想起你前世的情深，还有我的薄情，这一世，你既没给我机会伴你左右，那便让我焚香诵佛，替你这大好河山请愿，还你前世情深吧。

青羽每日作息很规律，日起采桑侍蚕，暮下浣纱溪畔，偶尔发呆，回过神来夕阳已落山，小镇一片寂寥，几家烟囱开始冒起了炊烟，娉娉袅袅，细细长长，衬得屋顶的青瓦缥缈异常。

青羽不急着归去，家中没人等，自己何时回去都无碍。

每日，暮色降临，待窗外一轮圆月偷偷爬上了树梢，窗内女子便坐在桌前，细心地捻灯芯，烛火"嗖"地一下大了起来，映出女子嘴角边噙着的一抹清浅的笑，只见她面容安然，却于灯火影影绰绰间，鬓角显出一片斑驳，竟似已生出满头华发。

女子手中执着一页书，书页已泛黄，书册龙飞凤舞几个大字：建国始皇纪。

却原来，是一本描写开国帝王碧穹传记的书。

灯前人认真看着，纸张被磨得已有些破，想来，是执书人时时翻阅的缘故。

看到动情之处，青羽眉头紧锁，碧穹的那些过往青羽没有参与过，这书中描写可以让她觉得，自己是陪着碧穹一起度过的那些岁月。

书一页一页地翻，那些早已尘埃落定的金戈铁马自书中跃出，于眼前一幕幕回放。

最后一页，史载，始皇的后位一直空缺，据说，因寻找自己原配之妻青氏未果，始皇挂念爱妻，一直未曾立后，后宫中，无一名妃子。又曰，女官江浅自草寇中救下始皇，被立为女相，手段高明，朝政在这二人治理之下，开国便呈一片大好之势，山河部落，逐渐统一，传闻，这女相爱慕始皇，一直未嫁，奈何始皇一直对青氏念念不忘，孤独至今，此情可歌可叹，感天动地。

碧穹，桌前人浅浅叫出声，碧穹，那年的扶桑花香囊，是否一直还置于你心上，替我赠你幽然余生浮香？

桌前烛火渐渐微弱，执书人趴在桌前，已然睡熟，唇边一抹似有若无的笑，眼角，有淡淡的泪痕折着微微的光。

一日，哒哒的马蹄声踏响了这片宁静的江南小镇，马车前一名老翁手执一封书信，停在了青羽的门前。

青羽恰恰背着篓子归来，瞧见来人，惑了眼神，老者微微笑，示意青羽打开，青羽接过书信，打开信封，里面是一片绿色的叶，叶上龙飞凤舞的几个大字：陌上花开，卿可缓缓归矣。

落笔处，碧。

青羽认真看着，嘴角边有细细的笑，泪落下，湿了眼角。

第十二笺

江南往事旧曾谙

江南好,

风景旧曾谙。

日出江花红胜火,

春来江水绿如蓝。

能不忆江南?

——白居易

一

第一次见到霍雅臣的时候我正好芳龄十八一枝花，而他是个恰逢丧偶的鳏夫，眼神里有着抹不去的忧郁。

江南的天气一直不大好，绵绵细雨落在湖水里，落在路边的野花上，落在游人的心里。

那一天我慵懒地坐在湖心的亭子里，瞅着湖面一波波泛起又平静的碧波，听着小荷叽叽喳喳地跟我报告着我的终身大事，心里越发烦躁。

据说我的老头子给我安排了一个鳏夫，其人刚刚丧偶一年，由于原配之死对其打击过大，致使其一病不起。

我这般，原是嫁过去当续弦的。

不禁有些感叹世道一天不如一天，这不，这厮听说是淮南王之子，财大势大，便可强娶我这普通人家的女儿去冲喜了。

本人不才，生在南方，却偏偏喜欢那北方的血性男儿，对这娇滴滴的官家书生，还真提不起什么兴致。

"小雨……"一阵好听的声音传来，想来是我的忠实追随者，翁天是也。

我转头时，便换上了一丝微笑，角度分毫不差，矜持大度甜美又自然，他眼里又再次被我捕获到了惊艳的目光，对此，我颇为满意，并乐此不疲。

谁人不喜被倾慕？

说实话，我并不了解此人背景，但估计是某个达官贵人的子嗣，要不然，也不会有胆量为我得罪当年的京城一霸了。

我十四岁那一年，家里的门槛几乎被提亲的队伍踏穿，这其中，最有名的当数宁王的侄子了，这厮便是京中一霸，后据说随京中贵人远走江南，家中背景还在其次，重点是不怕死的性子，一般的达官贵人都不愿与他有牵扯。

奈何本小姐我，时运不佳，恰恰被他看上了。

那厮几乎每个月都要抬着聘礼来我家闹一次，每次都是闹得鸡飞狗跳，以致方圆数十里的人都来看笑话。

最初，翁天也是那看笑话中的一员，却正好目睹了偶尔踏出房门一次的本小姐我的花容月貌。

至此，神魂颠倒。

"本宫定不会让你嫁与那霍雅臣的，小雨。"翁天的声音森冷有力，听得我冒出一丝寒意。

本宫？这是什么？

正在神思一闪间，远方烟雨蒙蒙处，一片整齐划一的军队齐刷刷地跪下，"恭迎太子回宫，太子千岁千千岁。"

周围很安静，除了御林军的脚步声跟口号声，什么声音都没有，游人皆遁了踪迹。

怪不得怪不得，想来是早就清空了，就我一个。

"本宫之前在此，是为了母后守墓的，却不想，上天赐予我最好的礼物，却是你。"

他说前一句的时候神情黯淡，而后一句，却神采飞扬了起来。

我转头看着他的眉眼，仿佛第一次瞧见他似的，细细地瞧着。

乌黑修长的眉，深邃黝黑的眼，高挺坚毅的鼻……每一样，都俊美异常，可偏偏，不会是我的。

我打算，跟我的初恋告别了。

没错，他是我的初恋，我唯一动过心的人。

可那又如何，那时年少不懂事，感情的事，不作数。

正在我们四目相对间，一群人马已然走了过来，我收敛神思望去，赫然在人群中发现了当年的宁恶霸，他与我四目相对间，触电般地低下头去，我见他这般，也了然地移开视线。

想来，他当年陪同前来的贵人便是这位太子了，事事皆是这般巧妙，这位太子大概也是为了看看这下属看中的到底是何女子，才来做的看客。

蓦然回首，看客已然置身戏台。

人生如戏，戏如人生，谁又敢说自己不是这戏子？

二

我约了董家的小姐赏花，此番，我们正闲闲地坐在花园里，她甚是喜欢这些花花草草，故而家里有很多颇值得玩味的景致。

我随手掐了一朵月蓝色的嫩花放在鼻翼边嗅了嗅，神思飘到了远处。

翁天，翁天，感情是公羽天，公羽是当朝的皇姓，奈何我孤陋寡闻，竟一直不知道。

"小雨，你看你，又开始飘忽了，若是一般人家女儿得太子爱慕，哪还能够坐得住，早不知去哪里笑开花了，就数你啊，还是如此不上道。"

她说完，娇嗔地指着我笑，笑容明艳，黯然一闪而过，我暗自了然。

董家小姐名小婉，是个不折不扣的江南女子，少了我的慵懒妩媚，多了她的如花笑靥。

我神思飘忽了下，突然想到中午打算在她家蹭饭的，便问道"今天，你招待我什么好吃的啊。"

语气淡淡，了无波澜。

她被我噎得说不出话来，瞪着眼睛瞧我半天，忽而，怒极反笑："算了算了，我跟你说话啊，就不能认真。"

我依旧面无表情。

中午，我心满意足地饱餐了一顿，小婉家的厨子确实不错，尤其是那河豚，鲜香肥美，嫩滑可口，令我回味无穷。

我心满意足地打了个饱嗝，站起身想随小婉去美人榻上歇歇，蓦地，腹中一阵绞痛，额上立时便流下了大颗大颗的汗珠。

不好，八成是河豚中毒了，小婉看似没什么事，在一边焦虑地询问我怎么回事。

估计这河豚毒素未清，而我体质较弱，又是第一次品尝，是以才会腹中绞痛，既然小婉没什么事，我估计问题也不大，只是这腹痛，着实折磨人啊。

"小，小婉，快去叫医生，我八成是河豚中毒了……"我忍着腹痛说完，小婉才想起什么似的，撒腿就跑。

我这辈子还没这么痛过，不出一刻，我的意识便有些模糊了，被小荷扶着，躺在美人榻上，翁天，哦，不，公羽天的那张脸便有些清晰地在眼前浮现了。

想必他，现在已经快到京城了吧。

犹记得几天前，他深情地瞧着我，让我在这江南等他。

那时，街边的树影岂岂，我便像那送别情人的小姐般与他执手告别。

准确地说，是他执着我的手，蓦然得知他的太子身份，我还未回过神来，便被他一把捉住了手，待想抽出，又觉得不合适，便就这么随他了，好在周围也没人，他的军队也在很远处候着。

"小雨，等着我，我之前还在守孝期，并无资格谈婚嫁，我回就去请求父皇赐婚。"

想来是我的笑太过勉强，导致他以为我在伤别，是以，看向我的眼神又再次充满了怜惜。

他轻轻撩起我额边的碎发，我余光瞟到了路边嫩绿色的垂柳。

其实我的内心深处有很多特写，他看到的都是表象，也相信着这些表象。

他看不出来，我便不说了。

那天之后，他便走了，我出于礼貌，目送他直到消失，回过头来，内心倒是平静无波。

回去之后，听闻有董家新进了位厨师，专擅河豚，名声响极一时。

又早闻这偏远的江南水乡新来了位游方郎中，郎中俊逸出尘，医术高超，却沉默少言。

那郎中，此番正在董府替董家那体弱多病的少爷医治。

之后，便一度平静无澜地过着，直到今天，才来了小婉家散散心。

这一散心,倒是遭了罪。

我迷迷糊糊中好似看到了一个人影,他身着素色长袍,乌黑的发丝闲闲地用同色的发带束起。

光看背影,倒很是养眼。

"小姐,你醒啦。"小荷咋咋呼呼的一声叫清醒了我,那背影也应景地转过身来。

我目不转睛地盯着他,窗外的鸟鸣若隐若现,调皮的光影从他发丝间穿过,五彩斑斓的光一瞬间迷花了眼。

我登时想起一个词,是词本子里,形容小姐书生一见误终身的形容,叫作一眼万年。

那是一个落寞的男子,沉静的脸,细白的肤,乌黑细长的眉,以及寂静的眼神。

自然,我不是那小姐,他也并不是那书生,他是霍雅臣,一个鳏夫,一个医师。

三

小婉曾与我唏嘘过这位王孙公子,说他为人如何淡泊,性格如何温柔。虽从不曾见他提过亡妻的只言片语,但见他眉眼间散不去的雾霭,便知他的内心有多寂寥。

我看向眼前的男子,他波澜不惊地坐在我身边替我把脉。

"姑娘你本便体弱,河豚这种剧毒之物,今后还是少食为妙。"我直直地看向他,他额际有一绺发丝垂下,挡住了眼睛,我有种冲动,想把他的发丝撩起。

回过神来,又觉得自己的想法过于登徒子了。

"大夫，那我现在的身体，是否无碍了？"我坐在床上，低低向他作了个揖。

"小姐已无大碍，不必挂心。"他语气平淡，说完便起身走到桌边，挥笔写着什么。

他写字的姿势很是好看，挥洒如流，气势如虹。

"这是药方，你给小姐每日煎一帖，按照上面的要求服用即可。"他细致地折叠好，交给了小荷，而后背着药篓出了门。

"小雨小雨……"小婉清脆的声音在推门声前响起，我将进梦乡的神思便这么生生地被拉了回来。

"你看到他了？怎么样，我没说谎吧……"她一脸激动。

"还不错，看着挺老实的。"我接过小夏递过来的茶水，轻轻抿了一口。

小婉被我噎得瞪大了眼睛，说不出话来。"老实？"她音量不自觉有些加大。

"如此温文尔雅，干净出尘的男子到你嘴里居然就一个形容词：老实。你，我真不知该怎么形容你啊……"她大眼睛一闪一闪的，光芒像宝石般流光溢彩，那点愤愤之情看得我不禁有些莞尔。

"他又不是你情人，做什么如此过激？"我闲闲地噎了她一句，果然如期地看到她的脸变红了。

"我不跟你瞎说了，你总爱逗我。"她有些扭捏道。

我心下又一阵黯然。

小婉喜欢公羽天，我是知道的，可她先前以为我喜欢，是以从未提过分毫。

我感念她的好意,我想,我会帮她的。

毕竟,女人都爱看佳偶天成。

我也是女人。

四

最近天气不太好,晴朗了一阵的扬州又开始阴雨绵绵。

我听着新来的丫头给我讲评书,时不时地抿唇轻笑。

说到这丫头,倒也奇特,生得倾国倾城,却有个略微粗壮的身段,整整比我高了大半个头。

据她说,自己是外乡人,奈何家乡瘟疫,逃难到了这座慵懒糜烂的小城,由于自己姿色出众,怕被卖入青楼,便自主选择到了我太守府当丫鬟。

我听她这颇为自恋的自白倒也不鄙视,她确实生得美,柔美中带着些许英气,最是出众。

"他道我倾城祸水,却不见,我的心碎,奈何我心泪一片,你却只见我带笑容颜……"她咿咿呀呀的嗓音伴着窗外的淅淅雨声,将故事中肝肠寸断的柔情深深地描绘到了我的内心深处。

我眼光顺着她的侧影飘远,瞧见了屋外烟雨缥缈的小桥上有一抹修长的身影,撑着把油纸伞,步履不慢,却依旧显得儒雅,自有一种超脱之感。

我都忍不住想吟诗一首了。

"月光,你看这幅景致该配一个什么样的故事?"我示意丫头停下来,挥挥手让她看看屋外。

"细雨如丝,佳人似梦,烟雨江南下,涓涓古河旁,一柄油纸伞平添了几分穿透时空的悠远之感，我想，如若他是个女子，定是那千年寻许仙的白娘子最为匹配。可惜啊可惜，他偏偏是个男子，这又该如何是好呢？"她双手撑着下巴，作沉思状。

我"扑哧"一下笑出声来："他是不是白娘子我不知道，可你却像极了那登徒子啊……"我满眼风情地睨着她笑。

我喜欢她的原名，月光，多么美丽高洁的词，所以便一直唤他月光。

"吱呀"一声，霍雅臣推门而入，带进一阵凉风，我紧了紧身上的衣衫，月光见机给我披上了一件轻薄的披风。

"霍医生好。"我站起身福了福。

"小姐在霍某面前不必多礼的。"他看着我，礼貌地笑笑，语速不急不缓，跟他以往任何时候都一样。

"小姐最近两天身体可有恙？"他并不擦拭额头的雨珠，只在门口掸了掸衣襟上的水渍，转身放下药箱，俯身细致地整理出我需要的草药。

我恰好看见了他额上亮晶晶的水珠。

我之前河豚毒素未清，再加上自小体弱多病，尤其是到了梅雨季节，更是卧床不起，父亲听从小婉的举荐，便将霍雅臣请了过来，替我医治。

我并不清楚霍雅臣到底知不知道我便是他要迎娶的那位小姐，但他待我的态度确实平常得不能再平常了。

我低低叹了口气，"霍医生，你知不知道，我就要嫁人了。"

我看向他，他正在窗边整理药箱，听闻此话，他微微停了停，继而缓缓地将药箱背在身上。

"霍某自是略有耳闻……"他微微躬身,算是与我作别,从头至尾,我没有见他抬头看我一眼。

门关上,一室的冷风被挡在门外。

"怎么?居然有人忽视你司大小姐,心里的征服欲被挑起了?"

我回过头,见到月光依旧在挑灯芯,修长的身躯,妩媚风流的姿势,真真一倾城佳人。

如果他真的是女儿身,得迷倒多少风流年少。

"月光,你打算什么时候带我走?"我倚在窗边懒懒地问,仿佛在问什么时候吃饭一般自然。

那边沉默了半晌,响起了一阵鼓掌声,"哈哈……早就听闻司家小姐天资聪颖,现下一见,果不其然,居然连月光的女儿身是假扮的都猜得出来。"

我想说,其实很好猜的,他那身架,实在是有些大了,奈何他太自信,一直觉得自己很和谐。

我耷拉着脑袋伏在桌上,也不搭话。

他见我恹恹的没什么兴致,跑到我身边坐下,双手支着下巴,眨巴着湿漉漉的大眼睛:"其实我现在不用带你走的,太子让我保护你。"

"保护我?哼,是看着我不让我逃走吧。"我摆弄着小婉送来的玉兰,心里有些忿忿。

"你怎么能这么看待太子呢,他多喜欢你啊,每天为了你都茶不思饭不想的。"

"月光,在我面前不用装的……"我斜睨了他一眼。

他着了脂粉的大眼朝我抛了个媚眼，我淡定地回了个，然后满意地看到他眼里一闪而过的呆愣。

"祸水啊祸水，祸国殃民啊，太子被迷惑，国危矣……"他反应过来便做出一副捶胸顿足状，看得我捂嘴笑开，烦闷情绪也一扫而光。

五

我的婚事很快就到了，三天后恰是个吉日，宜嫁娶，适婚配。

霍雅臣没有回京，快信呈至京中让霍王爷准备迎娶事宜，自己在江南等着接亲。

在那个柳絮飘飞的日子里，踏上轿门的那一刻，我向挽着我的手的人低低地说了声"谢谢"。

他没回答我，只温柔地将我扶上了轿门。

天气很好，十里红装素裹，我的万丈红绫从江南铺到了京城。

一路寒鸦，十里繁华，漫天的红花，伴着镜中的我眉目如画。

我站在窗边，耳边传来陶埙的声音，恰在这时起风了，刮起路边的垂柳枝，一时柳絮纷飞，迷花了我的眼，迷失了我的心。

柳树下站着个红衣飘飞的男子，就是他吹动了这树，吹走了这云，我细细听这埙声，有种穿越时光的沧桑之感。

吹响这声音的主人，就是我那夫婿。

他内心必定暗藏了许多故事，被时光酝酿到最后，却都成了细水长流的经年。

突然间，我就开始对他的过往，对他心心念念的那个女子，开始好奇了。

晚上小荷端来京城的很多特色菜，说是霍公子让呈上的，我其实很是腻味这些肉类，但是小荷又说，明天开始要举行婚礼仪式，估摸着一天都不能吃东西，头上还要顶着十几斤重的冠，肯定特别累，为防虚脱，还是多吃点补充体力为好。

我深以为然，便将送来的菜都一一尝试了个遍，吃到最后居然，额，吃撑了。

当我挺着肚子撑着腰跑到霍雅臣房间让他帮我消消食的时候，他正在脱衣服。

"呵，呵……霍医生，您继续啊，我什么都没看见，没看见……"我语无伦次地退出来，摸了摸脸，烧了一片。

为什么烧呢，因为我看到了霍雅臣完美的上半身，细腻莹白的肌肤泛着白玉般幽冷的光，略显瘦弱却很结实修长的身材，优美的脖颈，精致的锁骨……几乎都是一览无余。

纵然我不好他这一口，但还是被眼前的美景慑到了。

不好，我要喷鼻血了。

一定是因为吃了太多的肉上火了才要喷鼻血的，嗯，一定是这样。

我正神经质地擦拭着鼻子，霍雅臣已经穿上了他的长衫，不是红礼服，也不是白亵衣，而是灰色的长衫，他游历时不离身的那件。

想来原本是想换睡衣休息的，哪知我中途闯了进来，便随意抓起这件衣服套了起来。

"额，霍医生，能给我点降火的药吗？"

我这人一尴尬便说话不经大脑思考，说完了才意识到说错了，羞得想找个地洞钻下去，"啊，不，是助消化的药，我刚刚吃多了"。

他急急地跑到房间里，"司小姐，这个只要就着水服一粒就可以了，如果还有不舒服就告诉我。"他将一个小瓶子递给我。

"我不要这么多的"，我连连摆手，一不小心，正好碰到他的手。

他的手修长白皙，骨节分明，指尖有种白玉的触感，让人一碰到就不想离开。

我僵在那里，一时不知道该怎么办。

他寂寞的眼底有一丝温暖，淡淡笑着，拿开自己的手，"小姐不必介怀，在雅臣面前，不用在意什么的。"

我平静无波的心，竟被轻轻触动了一下，抬眼看他，他正对我轻轻浅浅地笑着。

那一刻的我，有一丝说不出的情绪，我想，我要是能够早些遇到他多好。

可是，我没能够早些遇到他。

第二日，整个迎亲队伍开始朝着霍王府进发了。

霍雅臣一直牵着我的手，听着耳边"噼里啪啦"的鞭炮声，心里陡然间升起一种如在梦中的晕眩感。

恍惚间觉得，要我真是他的新娘，那该有多好。

夫妻对拜之后，我便被送入了洞房，霍雅臣不在，换了别的人来牵我的手,我一路摸索着,进了房间安安静静地坐在床上。

今天,我的爹没来,我的娘不在,我为数不多的姐妹也都在江南水乡,倒真是出嫁的姑娘泼出去的水了。

"小姐,你饿吗?我给你拿点吃的?"小荷在我耳边轻轻说道。

我摇摇头,小荷也没了言语,房间很是安静,与屋外的喧闹形成鲜明对比。

"雅臣,让我们看看新娘子可好。"

"少祺,少琴,别胡闹。"

安静许久之后,门外传来一片吵闹声,我一个愕然,居然还碰上了闹洞房。

"不嘛,雅臣哥哥,我要看看到底是哪个佳人,居然能让你忘记红尘姐姐……"

女孩子的声音充满撒娇的意味,但是说出的话杀伤力却着实大。

屋外沉默了片刻,那个叫少祺的男人喝止了她:"少琴,别乱说话!"

"哥哥,我说真的嘛,雅臣哥哥不是难忘红尘姐姐嘛,现在,才一年多的工夫,他就娶了别的女子,我一定要看看这个女子到底是如何倾国倾城。"

"雅臣,你别放心上,我们先走了,春宵一刻值千金,你与弟妹好好温存温存啊。"

"无碍的,那你们先行回去,我们日后再续。"

"哎呀,哥,你别拽我啊,你拽疼我了啊……雅臣哥哥,你快救我啊……"

那对兄妹的声音渐渐消失了,门外沉默了半晌,我以为霍雅臣走了,结果他又推门进来了。

他慢慢地朝我走来。

"少爷,您该挑盖头了。"旁边站着的喜婆迎上去,恭恭敬敬道,"还有交杯酒与合欢茶也要喝的。"

"李婆婆,我知道了,你放心吧。"

待房间终于安静下来,霍雅臣走到我面前,用喜棒挑起我的盖头,浅浅笑道:"你累了吧,来,吃点东西,我让人给你备了点粥。"

我抬头看向他,乌黑的发丝垂在肩上,百合花般盛开的容颜,一点嫣红性感的嘴唇,黝黑深邃的目光,大红的结婚礼袍穿在他身上一点都不显艳俗,反而有种清丽出尘之感,仿佛他在下一秒即将破茧成蝶,飞离凡尘。

他知道为我备的粥里放些枸杞,他知道我的胃虚,要备些暖茶捂着,他知道我,并不真想嫁于他。

可是这样的男人,他不属于我。

"谢谢。"我对他温柔地笑笑,站起身,舒展了一下略有些麻木的双脚,对他做了个甚为完美的礼节,"这些天来,小雨多谢霍医生的帮忙,今后,如若有用得上小雨的地方,霍医生还请不要客气。"

相濡以沫,不如相忘于江湖,这样一个人,我爱不起,也不想同另一个人挤占他的心,唯一能做的,就是还他那份宽容之情。

他没说什么,过来帮我卸掉头上沉重的头冠,我立马觉得神清气爽,一身轻松。

他做完这些便开始在地上打地铺。

"你不出去陪人喝酒吗?"我看他一副不打算出去的样子。

"不用担心,一切自有我父亲打理,不需要我的。"

他整理完地铺便站在书架前,拿出一卷医书看了起来。

房门外有很多人的声音,热闹非凡,房间里却安静异常,只有他偶尔翻起的书页声,和我杯盏相碰的声音。

我能看出,他虽在看书,却明显心不在焉,神情落寞的可以。

我边夹小菜边自饮自酌,倒也乐得自在,过了许久,我吃饱了,宾客散去,门外亦清静了不少。

我看着他灯下翻阅书卷的侧影,乌黑的发丝散开,覆盖在他略显清瘦的肩上,我甚至能看见他睫毛在灯光下的剪影,像蝴蝶的翅膀般,偶尔扑扇一下。

也许,我有些累了,不然,怎么眼花呢。

也罢,早些休息吧。

明日,又是新的一天了。

六

第二日,我睁眼的时候,已置身一处草长莺飞的原野。

轿帘外一名高挑的白衣男子挽着长发坐在高头大马上,朝我抛了个媚眼:"美人,与我浪迹天涯何如?"

我白了他一眼,闲闲地束发:"想不到,你这身男装倒怎是看得过眼。"

月光长腿一个翻越，一脚跨进轿门，一双水光潋滟的眼睛直勾勾地对着我："比起你那夫婿又如何？"

我颔首瞧着郊外嫩黄一片的垂柳。

一上高城万里愁，蒹葭杨柳似汀洲。溪云初起日沉阁，山雨欲来风满楼。

月光为报公羽天的恩而扮成丫鬟守在我身边，明面是保护，实则是想带我走。

公羽天为娶我而去请命，奈何霍雅臣的父亲是亲王，立下赫赫战功，我即已许了他家儿子，皇帝万万没有抢过来给太子的理。月光于是就开始履行了他的第二道使命，如若求亲不成，便将我偷偷抢亲，藏起来。

"你要将我送到宫里吗？"我调侃道。

月光翻身到了马上，他这般来去自如，倒也是个高人。

"替别人抢老婆，那岂是我月光会做的。"他嘴角边一抹坏笑。

"哦？"我疑惑地看向他，月光一张脸被我瞧得通红，"那你如何交差？"

"有什么难得倒我月光大人的。对了，你那朋友很好，她现在怕是已经到了那皇宫了。"

他说的是小婉。

月光原本便是闲云野鹤，世外高人，自是不会拘泥于那皇家礼节，他做事随心，我晓得相处那么久，他终是对我不舍，我略加鼓动，他就抛了那救命之恩于脑后。

霍雅臣我是万万嫁不得，莫不说我与他本就是一对被错点的鸳鸯，单说公羽天，也不会放过他。让他为了我这个并不是他心尖上的女子承受危险，我做不到。

而公羽天，我亦不想成为那宫墙中的一员，每日望穿秋水，只为得君一展颜。司雨要嫁的，定是唯一，身与心的唯一。

如此这般，月光倒是唯一的选择了，而他恰恰，也随了我的意。

我说要随他浪迹天涯，月光乐不可支地答应了，我感念小婉对公羽天的一片深情，想着日久，许会生情，特意问过小婉意见，小婉含羞答应，我也乐得推波助澜，水到渠成。

小婉是个好姑娘，想必，公羽天会珍惜的。

余光瞥见小婉给我的锦囊，这是小婉与我一起在城外的庙里求的情签，我们一直留着。

小婉，我们都要勇敢，都要幸福，我默默地说，而后随手塞进衣兜里，腰间别了一枚锦囊，并不是我的，风轻轻吹过我的眼，锦囊里是一张纸，纸上有娟秀的字。

红糖半盏，枸杞一钱，可解胃痛，日服一剂。

须臾一株，黄连半味，煨以清茶半杯，可解湿寒。

晨露五滴，无垠水八两，配以半开月桂⋯⋯

眼前渐渐模糊，我想起在扬州那些天，每日他都背着药篓来我家，来的时候这些药均已煎好，他从未说过如何熬制，只放在我眼前，我一般都看一眼，随手放桌边，并不以为意，却原来，这般费神。

我从小便是泡着药罐子长大的，并不觉得这些东西用处多大，是以不太在意，恍然回首才惊觉，与他在一起的这些时日，我的身体已好了许多。

只是，他从不说，每日，药凉了，他都重新热好，继续放在我眼前，很多时候，都是我不好意思，才会去喝下。

霍雅臣他，可真是个让人沉沦的人啊。

可是，司雨所得的很少，所以想要一个一颗心全在司雨身上的，霍雅臣他，实在不合格，更何况，他身子也弱，我如何能，拖累于他。

我握紧了手上的锦囊，收起转身回头的心思。

他与我，终归不是一路人。

"小雨，我思来想去，你这莫不是同意与我私奔的意思？"月光的声音自耳边传来，我回头看他时，他已不自在地别过脸去，挥动缰绳，策马奔腾开。

草原上的春很广阔，青青的草散发着清新的香，这处，想是那北方的郊外了，倒也明媚非常。

司雨，不想附属于谁，司雨，想有自己的人生。

只是现下，怕是离霍雅臣越来越远了吧。

远处的一汪清泉高洁纯澈，像极了昨日夜幕下的残月。

我想起了昨日夜幕深深之时，我被轻微的声音吵到，迷迷糊糊地睁开眼，看见窗边闪着一点微弱的烛光，烛光下的男子正一杯杯地饮着那忘忧之物。

忽然，我就清醒了过来，想起那个叫红尘的女子，以及睡前的一个瞬间。

那个时候，我已经用完了晚膳，也学他随手翻开一卷书，随意地浏览起来，看着看着神思有些飘摇，便随口问了一句。

"我们，不喝交杯酒吗？"

他沉默半晌，翻书的手亦停顿住了，而后，温和的声音自我耳边传来，像月下的泉水叮咚，很是好听。

"交杯酒，一辈子只能喝一次，小雨还是留着与自己的心上人一起喝吧。"

我看向他，他已经收起书，卷开被子，躺在地铺上了。

一辈子只能喝一次？

他是想说，他这辈子的交杯酒，已经留给那个叫作红尘的女子了吗？

室内红烛剪影，影影绰绰，那人的背影比雪山还寂寞。

这就是那个鳏夫，那个叫作霍雅臣的男子。

那是我，第一个嫁的男子。

第十三笺

伊昔红颜美少年

洛阳城东桃李花,飞来飞去落谁家?
洛阳女儿惜颜色,行逢落花长叹息。
今年落花颜色改,明年花开复谁在?
已见松柏摧为薪,更闻桑田变成海。
古人无复洛城东,今人还对落花风。
年年岁岁花相似,岁岁年年人不同。
寄言全盛红颜子,应怜半死白头翁。
此翁白头真可怜,伊昔红颜美少年。
公子王孙芳树下,轻歌妙舞落花前。
光禄池台文锦绣,将军楼阁画神仙。
一朝卧病无相识,三春行乐在谁边?
宛转蛾眉能几时?须臾鹤发乱如丝。
但看古来歌舞地,惟有黄昏鸟雀悲。

——刘希夷

一

那时候,心高气傲的秋公主正牵着忧郁的天下第一公子悲秋伤春着。

秋公主眼高于顶,驸马不仅要家世一流,长相一流,文采一流,还要有让她心动的气质。

晚日寒鸦一片愁,柳塘新绿却温柔。

这是她对天下第一公子的评价。此人初见是一派秋末寒鸦的哀愁,眉眼间散发着清冷忧愁的气韵,再相处,却又温柔细腻得令人心动,偶尔回眸的气质,总能让秋公主失神许久。这个男人有些像是初秋河边的垂柳,水光潋滟,动人心魄,微风轻抚,惹人侧目,落叶飘零又扯得人心疼。

彼时,秋公主只是一个陷入热恋的普通女子,整颗心都是找到梦中情人时的惊喜与娇羞。是以,她不大想得起那个小书童。

小书童不是她的书童,也不知道是谁的书童,只知道,有一天他就突然出现在了她的公主府,等她注意到他时,他已经来了很久很久。

小书童有一双单纯的大眼睛,乌黑浓密的眉毛可爱地弯着,高挺的鼻子下是比女孩子还性感红润的嘴唇,一张瓜子脸显得他很小,不过十六七吧。

秋公主有些嫉妒他的年轻,她已经二十三了,不再年轻。嫉妒之余,她还总有些疑惑,她的岁月过得太快,自十六岁以后仿佛一眨眼就到二十三,什么都没做过,是时光太快了,快到她连梦与现实都分不清了吗?

她有些无奈，摇头笑笑，继续翻阅手上那本经书。这是她最喜欢做的事情，闲倚木窗前，翻落一地书中人的情丝。在她低头的瞬间，眼角的余光好像扫到了窗外的小书童，甚至，她能感觉到他因偷看被发现时的惊惶。秋公主准备放过这个少年，对于他，她有很多不解，但是却又生不起任何好奇，觉得他本该是出现在那儿，没什么奇怪的。

想着今晚与倚楼的约会，秋公主嘴边露出一抹浅笑。对了，倚楼便是她的驸马，当今天下第一公子，如今宰相的独子。

初见倚楼时正值暮秋，他一袭轻裘，就那么闲闲地站在皇宫的雪松下，微微抬头的姿势，令她想到了作诗的才子，一身飘逸的气质，却又像遗世独立，翩翩欲飞的谪仙。

秋公主心里一直住着一个幻影，而倚楼，将幻影变成了现实。

午后的春光暖暖地照进书桌前，秋公主昏昏欲睡，最后一丝意识消失前，她将书罩在了头上，埋头伏在书桌边睡着了。

莲步轻移，她觉得自己仿佛年轻了些许，脚步亦轻松了不少。彼时正值夜月楼台，秋香院宇，笑吟吟地人来去。秋公主轻拂开遮住眼帘的垂柳，往院内深处走去，眼前是一间精致的小房子，房内灯火影影绰绰，依稀见到一抹身影来来回回地踱步，像是在等什么重要的人般。

秋公主在门前疑惑了片刻，还是推门走了进去，像是冥冥中注定的一般，她没觉得有什么不妥。

"你来啦。"少年有一副好听的声音，清脆悦耳，阳光明媚，略带磁性。

秋公主抬头，见到一张圆圆的瓜子脸，那双大眼睛满是惊喜，长长的睫毛在白皙的脸上投下一抹幽深的剪影。

少琦？

少琦便是小书童。

可是，少琦几乎不笑，少琦甚至很少抬头，而这个少年笑起来却有两个浅浅的酒窝，还有两颗调皮可爱的大虎牙，秋公主的心被轻轻拧了一下。

这是一种奇怪的感觉，却让秋公主过瘾，她疯狂地爱着让她心疼的一切感觉。

她其实与少琦不熟，甚至除了吩咐连一句家常话都没说过，可这一刻她却觉得惋惜，如果少琦会笑多好。如果少琦会笑，她会不会心动？

"少琦？你怎么在我梦里？"

她知道这是个梦，却还是将疑惑问了出来，出乎意料的是，少琦居然回答了。

"公主来了，少琦是不是可以认为，公主是喜欢少琦的？"少年的声音小心翼翼地，有希冀，也有害怕。

秋公主的头开始抽痛，一阵一阵，来得猛烈，伴着头痛，脑中出现一片片交叠的身影，一忽儿是落花下笑容明朗的少年，一忽儿是一片血肉模糊的场景。

"啊……"蓦地，秋公主醒了过来，她怅然若失地看着窗前的夕阳，心中有种惆怅感。伸手揉了揉额际，那份隐隐的疼痛才逐渐散去，虚脱般的抬头，见到了立于门后的少琦。

她招招手，示意少琦过来。

少琦放下手上的抹布，低头垂手走了进来。

秋公主依稀记得，这个少琦好像是个哑巴，从来没说过话。

她双手托着下巴，无奈道，"少琦，我梦到你了，梦里，你好像会说话，还会笑。"少琦的肩膀轻微地颤了颤。"莫不如，你抬头笑笑让本公主看看？"

秋公主的口气像是在哄小孩，说完很耐心地等着。

少琦的睫毛很长，秋公主能看到它们在微微地颤动，一时惹人无限爱怜。

"秋儿……"飘逸的声音自耳边响起，又像是来自于天际，显然，拥有这样的声音的除了倚楼还有谁？

秋公主立刻将少琦给忘了，转身牵着倚楼的手，一脸小女儿情态。

"少琦，回来再笑给我看。"秋公主似命令又似商量，说完这话便牵着倚楼走。倚楼此番却定住了，秋公主疑惑地看着立于原地的驸马。却发现驸马的脸上比她还要疑惑，不仅是疑惑，还有惊慌。

这个表情在驸马脸上却是不常见。

多年不好奇的秋公主今天又好奇了。

"少琦？"倚楼重复了一遍，似是不可置信地看着她，"他不是死了吗？"

死了？

秋公主的头又开始抽疼，一阵一阵，脑海中的血腥场景像是洪水猛兽般侵袭而来，"少琦？少琦？"她喃喃地念叨。

忽然，脑中就一片清明，纷乱的景象皆消失不见了。少琦不是她的小书童吗？怎么可能死了呢。

她定了定神，指了指书桌的方向，看，少琦不是在那儿吗？那就是少琦。

指向之处空无一人。

二

她有一丝不安，少琦呢？难道从窗户出去了？

身旁的倚楼笑笑，眉眼间尽是温润，刚才的慌乱已然不见了踪影："许是同名吧，秋儿，我带你去个地方。"

秋公主看着身边温润如仙的倚楼，蓦地竟有一种陌生的情绪在蔓延。

倚楼说的那个地方叫"安然寺"，一个偏僻的小寺院，荒凉残破，颇有鬼寺风范，若不是身边人依旧温暖，秋公主甚至觉得是鬼魂诱她前来了。

寺门上的红漆早已剥落，剩下腐迹斑斑的木头，像是生命殆尽后唯一见证的骸骨。

倒是门口一边牌匾上的对联依旧鲜艳"秋上心头便是愁"，只剩一边，另一边不知是没有还是破落了。

秋公主看着这半边残联，觉得这破寺仿若一个残破的老人，在怀念他年轻时的情人，难忘，哀伤，带着岁月的腐蚀，散发着初恋的芳香。

"觉不觉得这副对联很眼熟啊？"倚楼莫名地问了一句。

秋公主又仔细瞧了瞧，是了，怎么不熟，这不是她的名字吗？秋心秋心，她就叫秋心啊。

不对，她以前叫愁。

母后生她后便难产而亡，皇帝命国师找了同门给她批命，那个同门什么都没说，单单提笔写下"愁"字，父皇无奈，给她单名复了一个愁字。

后来，后来怎么又叫秋心了呢？秋公主不大记得了，大约是某年某月改了吧。这些记忆太过遥远，远到像是上辈子带来的，影影绰绰的，不甚分明了。

倚楼推门，牵着她进去了。

门内倒是很整齐，佛厅，厢房，收拾得井井有条。院子里有一棵巨大的梧桐，耸入天际。梧桐下的水缸里满满溢着波光盈盈的水。树旁是一片瓜果菜地，青葱茂密，还有各种落花纷飞，很是美好。

秋公主皱皱眉，倚楼体贴地握紧了她的手，她知他想问"怎么了"，无奈她不想回答，便假意没有领会他。

其实，她是觉得这片花海中少了一个明媚的身影，这个身影很高大，很秀气，很清俊，很阳刚，这个身影充分结合了男孩子硬朗跟女孩子秀致的优点，美好的肩形，甚至连精致的锁骨她都能想象得出。这个身影喜着蓝衣，普通的束腰衣，无关任何绫罗绸缎，恁是穿出别样的风情。

只是，年年岁岁花相似，岁岁年年人不同。

回眸时，一片黄叶飘落而下，以缓慢而优雅的姿态，秋公主伸出手，它便乖顺地落在了掌心正中。

"施主。"一个苍老的声音传来，秋公主一怔，枯叶随风飘落。

前来一个老和尚，中等身材，并无超脱的气质，却有饱经风霜的脸庞。他双手合十，一脸虔诚："施主，失去生命的东西，就让它随风而去吧，不必过于执着。"

秋公主看着飞远的黄叶，心里空空的，勉强露出一抹微笑，"师傅有礼了。"微微俯身，做了个福。

老和尚笑笑，转身对着倚楼念了句什么，倚楼点头微笑。

随后便没再说什么，倚楼将秋公主安置在院落里的石凳上，自己尾随老和尚进了里屋。

秋公主又开始瞌睡。

这次的场景也很熟悉，依稀仿佛，就是在这个院落。

可以说，秋公主又做梦了，但是，却又可以说，秋公主只是从一个时空踏到了另一个时空。因为，除了场景变了以外，一切没有任何不同。

她清楚地记得自己刚才在石凳上小憩，而现在，她异常清醒。不仅如此，她看向自己，适才穿的一袭素色白衣也已消失不见，取而代之的是一身粉白轻纱，莫名地伸出手掌，纤巧美妙，瞬间又像是回到了十七八岁的时候。

对此她没有过多的诧异，从石凳上起身，耳际的落花飘飘洒洒而过，调皮地擦过她的发丝，带动某种不知名的气息四处洋溢。

回眸时，果然看到了花丛中的少琦，他的大眼睛笑得弯弯，眉毛也弯弯，像是交叠的四瓣月牙，尖尖的小虎牙将他可爱的容颜平添了几抹狡黠之色。

"公主，你老闷在府里很容易憋坏的，来，我带你捉蝴蝶去。"他兴冲冲地拿着小网兜,欲过来拉秋公主。

"少琦,我说了多少遍,我不喜欢太吵闹,你能不能安静点?"

猛地蹦出口的话惹得秋公主吓了一跳,自己没想过说这种话啊,怎么就突然说出口了呢?

相反,少琦却没有任何不满,他依旧笑嘻嘻的,小酒窝衬着小虎牙,比纷飞的彩蝶还耀眼,色彩纷呈,刺得秋公主眼里几欲落泪。

"好,好,你说吵我就不说了,来,我们坐下来好好看看吧。"他随手自然地拂去她头上的落叶,然后脱了自己外套垫在草丛上,一把拉着秋公主坐下。

秋公主原本想反抗,瞟了瞟整整齐齐的草地,干干净净的蓝衣,撇撇嘴角,还是顺从地坐下了。

少琦指着天边的夕阳给她看,她百无聊赖地瞄瞄,少琦拔下地上的青草,做了各种小动物给她玩,她还是兴致缺缺。

这时候的她好像不能控制自己,她本来是想笑的,她本来是很有兴趣的,可是她摆不出那种表情,说不出那种话。

她只能沉着脸,看着少琦不厌其烦地逗她开心。少琦的笑脸从没垮下来过,那颗没怎么长齐的小虎牙歪歪的,看得秋公主有些心酸。

她希望这次的梦快些过去,或者,她希望自己能够笑出来。

闭上眼睛,想调整一下面部表情,使自己能够笑出来。

睁眼的时候少琦已不在身边,她以为梦境已经过去了,有些怅然若失。正发呆间,少琦的声音自耳边响起来:"公主,快看啊，我捉到一只蝴蝶……"他像捧着宝贝似的，小心翼翼地，却又急不可耐地想给秋公主看，脚步加快走过来。

"你能捉到什么有趣的？"凉凉的不像自己的声音又响了起来。

许是听她说话的，又许是注意力都在手上，加上走得快了，一个趔趄，差点跌倒。

秋公主感觉脸部肌肉抽了抽，嘴角露出一个貌似笑容的弧度。

少琦的视线轻触她的眼神，刚直起的身子不着痕迹地倾斜了，重重地倒在了地上。

"扑哧……"脸部笑意猛然间爆发了。随着秋公主的笑声，五彩的蝴蝶纷纷从草丛飞起，纷纷扬扬，草丛中的少琦看不清表情，依稀一抹浅蓝的身影渐渐模糊。

神志回复清明，她睁开眼睛时恰见天边一抹残月，苍白清冷。

三

屋内有两个身影相对而坐，像是在谈论什么。

秋公主走了过去，她无意偷听，只是单纯地觉得应该叫驸马回府而已。

"她以前从没提过少琦，不知现在为何……"

"时候到了，无何为何。"

"那该怎么办？大师，你当初说，只要她提到少琦便让我寻你来，你是早知她会如此吗？寻你来，又为何？"

又为何？秋公主喃喃念着这个问题，像是谈论的不是她一般。

"佛曰，人生有八苦：生，老，病，死，爱别离，怨憎会，求不得，放不下……这孩子，算是经历了个遍。"一缕淡淡的叹息飘飞而过，脆弱得像是从没来过这尘世。

几番沉默。

门发出"吱呀"一声轻叹，驸马顿了片刻，抬头时浅笑轻语："秋儿，你来了？"

秋公主轻轻"嗯"了一声，乖顺地在他旁边坐下，将头伏在驸马肩上，像是相知多年的夫妻般，温馨协调。

屋内烛光轻摇，老和尚起身，挑了挑烛芯，放下木筷子后俯身取出枕下物件，递至秋公主面前。

秋公主伸手拿过，细瞧却是一道符，她疑惑地抬头看老和尚，老和尚对她笑笑，嘴角却是一道道苦楚。

"孩子，缘起即灭，缘生已空，不必不舍。"他转身坐在蒲团上，不再回头，单是疲累地挥挥手。倚楼牵着秋公主出了小木门，秋公主停住脚步，看了眼老和尚的背影。

暗黄的僧袍之上，落了一片暗色烛泪，斑斑驳驳。

人言头上发，总向愁中白。拍手笑沙鸥，一身都是愁。可有些人，却是连愁得滋味都不会有了。

是夜，一夜好梦，秋公主梦见自己变成了一个白发苍苍的老妇人，与倚楼相互依偎着，看尽世间浮云。

第二日日上，秋公主如往常般唤了一声"少琦"，秋香院宇，不见笑吟吟地人来去，轩窗旁，秋公主独自梳妆，蓦然，眼角竟有清泪两行。

"好生奇怪，我竟如何会落泪？"秋公主放下梳子，境内那张熟悉的脸渐渐模糊，印出了另一副光景。

桃叶渡，烟柳暗南浦，四月的风吹暖了春光。

"少琦，听说天下第一公子今天要去郊外骑马踏青，你说，我要是也去，会不会就此认识他呢？"

身后少年低着头敛着眉，给秋公主披狐裘的动作顿了顿，秋公主不耐烦了，"哎呀，你倒是说啊。"秋公主望着镜中娇艳明媚的二八佳人，正是脂正浓，粉正香的年纪，境内境外，两幅光景，却不想，转身已是，将将两鬓就成了霜。

她气如抽丝般双手撑着梳妆台，大口地喘着气，她想起来了，少琦是死了，少琦已经死了七年了。

那一日她知道倚楼要去踏青，便同少琦牵了匹马去了郊外，她丝毫不懂马术，可偏偏恰逢年少轻狂，远远瞧见马背上英姿飒爽的倚楼，咬咬牙，踏上马鞍，牵起缰绳，学着少琦的样子，夹着马背就往外冲。

少琦急得跑过来制止，秋公主还记得少琦最后看她的眼神，那时，她狠狠地瞪了少琦一眼，然后夹着马背就挥起了缰绳，少琦紧紧咬着唇，一双眼睛里徒剩萧瑟，剩水残山无态度。

马儿跑起来的时候，秋公主还在想少琦的眼神，她挥不去，还来不及心烦意乱，马蹄便乱了步数，马儿开始失控。

秋公主在马上，倚楼，全不见了影踪，一颗心全是少琦，只道，少琦，快来救我。

耳边的风"呼呼"地吹，吹散了蒹葭，吹乱了秀发，吹走了少琦，吹得秋公主的人生至此变了一个模样。

眼前是一棵百年的梧桐，有三人合抱那般粗，若是撞上，恐是无缘尘世了。秋公主闭上眼睛，准备接受那一刻的来临，却于猛然间，被急急刹住，坐在马儿背上的秋公主感受到一股大力，马儿仿佛蹬到什么东西，猛地被弹了回来，马背上的她也被弹离了马背，然后，她就落在了一个温暖的怀抱。

她睁开眼睛，第一眼见到的是那暮秋时节，遥望雪松的倚楼，倚楼就那么看着她，乌黑的眉头拧得紧紧地，焦急地问了句，"姑娘可有大碍"。

那一刻她第一个想到的便是少琦，她多想告诉少琦，瞧，倚楼同她讲话了。

然后呢，然后便是她忘了整整七年的东西。

从此以后，少琦便由那个爱笑的少年，变成了不会说话，只有她能看得见的那个少琦。

四

少琦是她家马夫的孩子，自小是她家的奴，王爷看他生得机灵，便赐给了孤单的秋公主做了贴身的小厮。从小，少琦便陪着秋公主长大。

秋公主天煞孤星名声在外，是以，并不大有人愿意同她玩，即便是家中侍女，也是刻意保持距离，唯有少琦，始终不离不弃。

可秋公主心中始终不大愿意将少琦平等看待，她从来就这般心高气傲，堪堪被那浮名迷乱了眼。

然后，秋公主就被狠狠地惩罚了，她的少琦，陪她哭陪她笑的少琦，陪她那么多年的少琦，就那么被恶狠狠地带走了，连一丝后悔的机会都不曾留给她。

随分杯盘，等闲歌舞，问他有甚堪悲处？思量却也有悲时，重阳节近多风雨。

她紧紧地握着梳子，木梳的细齿刺得她的手生疼，她不敢抬头瞧那铜镜，她怕，她怕铜镜里会出现少琦，那是少琦，留给她的最后的画面，那是她一辈子都无法忘记的画面。

眼泪一滴一滴地滴到梳妆台上，木梳的齿被泪水填平了缝隙，像镜内镜外的两个空间开始对接。

她红了一张脸颊，从倚楼的怀里起身，她兴奋地多想拉着少琦的手跳起来，然后告诉他："少琦，少琦，你看倚楼他认识我了，他还救了我。"

勿抬头勿抬头，抬头使人愁，岁月将将多烦忧。

眼前的景象像是泼墨画般色彩斑斓，红的蓝的一片，红的是一大片染红了时空的血，蓝的是躺在血泊中模糊了谁的记忆的少琦。

少琦像一只断了线的风筝，斜斜地划出生命最后的弧度，最后定格在一片生机勃勃的春色中。他闭着眼睛，尖尖的瓜子脸苍白异常，嘴角的血泡不停地往外冒，刺眼的像正午的烈日，生生将人刺出泪来。

一群踏春的人围着他，叽叽喳喳地在讨论，那么鲜活的人，那么鲜活的春，那么没有生命气息的，少琦。

"啊……"秋公主头痛欲裂，她抱着头尖叫起来，"少琦，少琦……"她带着哭腔叫，仿佛在呼喊自己的心上人般用尽最后一丝力气，直喊的人肝肠寸断。

可是，少琦不是她爱的人，从来都不是。

秋公主想起小时候，她怕打雷，每逢打雷都缩在被子里发抖，守在门外的少琦有一次听到她的尖叫声冲了进来，紧张地问她"怎么了"。秋公主揭开被子，看见衣衫凌乱，气喘吁吁的少琦紧张地站在床前，那眼睛像是天上的星星般安定月夜行人的心，她立马就不害怕了，然后噘着嘴斥责他一个下人，如何能到小姐的房里来，少琦笑嘻嘻地看着她不说话。

秋公主一直记得她说的话，她说，"你一个小厮怎么能到小姐的闺房里，你应该在外面等着，我害怕了也应该在外面等着。嗯，一直到我成亲了，我老了，你也应该在外面等着。"

其实，秋公主想说的是，只要知道你在外面我就不怕了，可是，一直心高气傲的她，又怎么可能对一个小厮说得出口。

少琦，我已经老了，人老了，心也沧桑了，可你还是十七岁的样子，见面了，恐也认不得我了吧。所以，你找不到我了，现在，终于不见了吗？

城外古寺边，两个人远远地站着，仔细看，却是那天下第一公子倚楼与"安然寺"的主持。

"多谢大师的符，秋心她，再也没有见到过少琦了。"

"一切幻相，皆由心生，亦由心灭，离去的人便让他离去吧，这是公主自己的选择，与符无关，不必言谢。"

老和尚双手合十，低低念了句"阿弥陀佛"，手上一串佛珠，满是岁月的碾痕，身后天际寂寥，荒草丛生，一群沙鸥"呼啦"一声不见了影踪。

"我始终觉得,少琦真的在一直陪着她。"

倚楼长长的冠带垂在身后,他如玉的侧容像是这暗夜里莹白的月牙。

"菩提本无树,明镜亦非台,本来无一物,何处惹尘埃。世间的一切,最后都会化为净土一抷,施主又何以去执着。"

老和尚的脸上沟壑一片,他的眼睑略微下垂,仿佛支撑不住般,下一刻就要闭上,他轻轻叹了口气,"那孩子,本来就是薄命人,留不住,亦不必留。"

老和尚想起很多年前,当时还叫愁公主的秋公主,时常由父亲带着,来当时正香火鼎盛的"安然寺"还愿,身后的小厮眉清目秀,笑的时候两颗歪歪的小虎牙甚为显眼。

他跟在秋公主身后,替她遮风挡雨,替她扫叶焚香,替她承去了一切坏的恶的不寻常,终归还是命太薄。

老和尚的眼睑终于承受不住,轻轻闭上,他深深叹了口气,等待倚楼默默地走远。

"这位公子,倒是福泽深厚,只愿你与公主,恩爱百年,也不枉了那小施主,以命相抵啊。"

老和尚想起一句话,缘起即灭,缘生已空。

若是缘空了,就随他去吧。

时年,秋公主如愿嫁于倚楼为妻,十里红帐点亮了京城的秋,落轿时,秋公主羞涩地牵起倚楼的手,拜天地入洞房,庭宇外的月桂悄悄开了,绵长的香,飘了数里,秋公主还记得夏季时它翠绿着叶的模样,一忽儿好像,已过了很久。

曾经红颜美少年,转身已是,落花两瓣中秋天。

第十四笺 君生之时我未生

君生我未生,我生君已老。
君恨我生迟,我恨君生早。

君生我未生,我生君已老。
恨不生同时,日日与君好。

我生君未生,君生我已老。
我离君天涯,君隔我海角。

我生君未生,君生我已老。
化蝶去寻花,夜夜栖芳草。

——无名氏

一

隔壁的先生下学了。

我偷偷蹲在墙头偷听，先生家院子里的柿子树上结满了柿子，红的绿的一片，我眼馋，遂摘了一个，吃得满嘴甜汁。

家姐今天不在家，发髻是我自己扎的，有些松，一直垂下来挡住脸，我不耐烦地将头发缠在手上，用绸子抓紧。

"亦辞，你不想请云娘进去坐坐吗？"一个娇媚的声音传来，听得我忍不住想捂耳朵。

我这人注意力有些不大集中，家姐把我送到夫子那里做过几天学，我总是被学堂外的知了吸引，后来就不了了之了，反正也没几个姑娘家识字的，家姐如此安慰我，但是家姐安慰不了的是，姑娘家都会的绣花我也绣不了，皆因我的注意力实在不集中。

比方说此刻，我这蹲墙角的小贼就一个不小心，"轱辘"一下翻下了墙头。

诚以为，如若我是真的小偷，约莫怕是要饿死的。

先生被墙头滚下来的大物吓得愣了半天，我疼得龇牙咧嘴，哼哧哼哧地站起来，掸掸膝盖上的灰，笑得见牙不见眼，"嗨，亦辞，你好啊。"

亦辞是我的夫子，哦，曾经的夫子，平时待人温和，学富五车，重点是即有内美，又重以修态。

我两只手交缠着放在身前，点着脚尖，看着他腰间别着的秋兰。

"亦辞，她是谁啊？"身前的女子穿着一身翠绿的衫子，一把水蛇腰被一条红丝绸紧紧地束住，看得我着实累得慌。

我认得她，西头卖豆腐的云娘，生的一副好容貌，为人也着实风流得紧。

亦辞如何会同她在一起呢，我有些不满。

"采侬，你家姐呢？"亦辞卷着一卷发黄的古书，闲闲地站在柿树下，柳絮飞来，沾了他一肩膀。

云娘轻飘飘地看了我一眼，手闲闲地搭在亦辞肩上："我先走了，下次奕仔有课业上的问题再找我。"她撩了撩肩上的散发，眉眼像是宋玉月下瞧见的墙头美女蛇。

我想起我头上胡乱扎的发髻，有些心慌意乱。

"哦，家姐她同隔壁的月清采茶去了，这时节，茶青正好。"我双手横着，交叠在腰际，微微颔首，这是学生给夫子的礼节。

"这卷书是我整理的，你拿去读吧。"亦辞将手上的书递给我，我看过去，泛黄的书页有些卷，上面是乌黑的字，亦辞的字很好看，我不识字，不知如何形容。

我"哦"了一声，转身跑回了家。

亦辞是我们村唯一的夫子，年庚而立，却一直没有娶妻，乡里的媒婆很是喜欢拿着厚厚一叠画册去替他说亲，但是都被亦辞温和地劝走了，久而久之，那些适龄的姑娘都觅得良夫，就没人替亦辞说亲了，亦辞这一单，就单到现在。

我小时候曾经豪迈地说，以后要嫁给亦辞，月晚对此很是嗤之以鼻，她说我纯粹是因为没爹，毕竟亦辞对于我来说太老了。

月晚是月清的妹妹，同我差不多大，亦辞对于我们来说，确实太老了，难怪她看不上。

但我一直觉得，自己这一想法很是坚定，或许，我脑袋瓜不聪明，就剩执着这点优点了。

但家姐好像不同意我的这一执着，每逢我明里暗里地谈到亦辞的时候她都低头做事，不怎么搭理，每当这时，我内心总是有些灰色情绪飘过，家姐八成是发现我爱慕亦辞了，但当我忐忑忑忐地等了很久之后，家姐又没了下文。

俗话说，长姐如母，自从爹娘去世之后，家姐辛苦把我拉扯大，个中艰辛很难对外人道。为了我，家姐在适龄的年纪生生错过了诸多提亲的人，男方多是嫌弃她带了个拖油瓶，毕竟乡下穷，没有人会愿意多养一张嘴。

家姐不愿意不管我，所以一直拖到现在。

"采依，灶里的饭热了没？"我在门前看见了背着竹篓的家姐，她在额际挽了方巾，一头乌黑的长发整齐地披在肩上，明净的脸庞像天上的圆月。

"哎，热了，揭锅就能吃了。"我边答应，边拿掉门上的木栅开门。

"这是什么？"家姐指着我夹在胳膊下的书，我有些不自在，"亦辞的书，给我看的。"

家姐"扑哧"一声笑了，"他不晓得你不认得几个字吗？"

我脸"腾"的一下红了，有些奇怪的感觉呼之欲出，又摸不出个所以然，我歪着头使劲想了半晌只得作罢。

家姐伸着一只雪白的纤纤细手，"给我罢，我给你念。"我紧紧捏了捏，想拒绝，又怕家姐发现什么，只得狠狠心递了过去。

吃饭的时候，家姐随意将书本塞在了枕下，丝毫不见半分给我念的意思，我蹲在天井边洗碗，措辞了半天，鼓起勇气让家姐给我念的时候，她已经睡下了，月光遥遥地照进来，柔柔地照在她的身上，像一单上好的被衾。

我叹了口气，回去睡下。

第二日日头正好，家姐让我出去采些枸杞，我背着竹筐子关门。

转头的时候看到亦辞夹了本书正在给大门上锁链，我打了声招呼："亦辞，早啊。"

他穿了身泛白的长袍，回过头来，朝我温和地笑笑："采依啊，出去采枸杞？"

我点点头，他抿着唇，风光霁月，无限美好："一起去吧。"

"采依，你同先生不顺路，姐说了多少遍，不要麻烦先生。"

完了，我艰难地回头，看到了一身翠绿的采棱，我姐，倒是窈窕一佳人，偏生太严格，此番，她悦耳的声音听在我耳里像半夜的惊雷。

"哦。"我扁着个嘴一脸不高兴，弯着腰，拉着我的竹篓子颓废地走了。

我总觉得气氛有点不对劲，偷偷瞄了眼采棱同亦辞，亦辞夹着书卷站在采棱对面，采棱咬着唇，眼神有些飘忽。

摘罢半框枸杞，月晚同我倚在河旁的大石头上，我们伸着细长胳膊，然后蹬着腿晒太阳。

不远处的田埂上是些同龄的男孩子在玩闹，手上拿着长棍当枪，很是热闹。

"月晚，你会同英冠成亲吗？"我边走边踢路边的石子。

"成亲？采依你想的也太多了吧，我们毕竟还那么小。"月晚的声音透露出些许的不可思议。

二

英冠同采依关系很好，我时常瞧见采依与英冠在西边大堤上采菊。

"你不怕英冠听去了伤心啊。"

月晚撇了撇嘴："他以后如果跟夫子一样，在村头教书，我才不要同他在一起。"

我听罢生气地拍月晚的肩："夫子怎么啦，夫子怎么啦……"

正闹得欢，脚下缓缓滚来一个长棍，我寻着棍子瞧去，月晚一脚已将那木头棍子踢飞了。

我一看,居然是英冠,他正不好意思地摸摸脑袋,一群男孩子跟在他身后嬉笑。

"月晚,采离,我真的不是故意。"

月晚撒腿跑了过去,然后朝我挥挥手,示意我先走。

我拉了拉肩上的竹筐,看着他们怎是般配的一对,百无聊赖地踢着小石子想走。

"采依,你要不要一起去堤坝采芦蒿。"英冠的声音远远地传来,我开心地回头,看到月晚朝我使眼色,只得垂头丧气地挥挥手,示意他们别管我。

老夫子有约,非礼勿视,非礼勿听,勿坏他人姻缘事,我可是牢牢记着呢。

"人之初,性本善,性相近,习相远……"诵读的声音传进耳里,越来越大,我放慢脚步,偷偷瞄了一眼学堂,亦辞正教学生念书。

亦辞的声音尤其好听,我以前坐在课堂下的时候总是听着他的声音神游天际。

此番,我内心竟然升起一丝自豪感,虽然我不知道这丝自豪感从何而来,他也不是我什么人。

"采依。"

倚在老桃树边的我回过神来,看见昔日同窗们一个个都带着学子帽走远了,亦辞站在我面前笑眯眯地看着我,他对着我挥了挥手。

我想我的样子一定很傻。

我缩手缩脚地跟在亦辞身后,只敢看他身后挂着的兰草。

亦辞怎么会看到我,我有些微微的囧,那他知不知道我在偷偷看他呢。

他的步子不大，我居然能跟得上，路边的知了声叫得我心烦意乱，我寻思着同他说些什么，"亦辞。"

亦辞回头，他抿着唇轻轻笑了笑，冠帽的带子吹到了身前，像是飘摇陌上的芷草。

"采依不喜欢叫先生吗？"他问。

"我喜欢叫亦辞。"我低着头小声地说。

他没作声，我屏着呼吸等他回答，半晌，路过村头边的一个小池塘，他说了声，"好吧。"嘴角噙着若有似无的笑。

到家的时候家姐还没回来，我窃暗自高兴："亦辞，我姐不在家，我能去你家玩吗？"

他想都没想就点了头，我等他推开门后，奔奔跳跳地跟了上去。

亦辞的家很简单，木制的家具，靠窗放着一个书桌，书桌上一个瓷白的花瓶，里面闲闲插了杆青竹。

我看着空荡荡的客厅，想着应该如何布置，这里放一个椅子，可以坐，那里放一个梳妆台，我有些臭美，嗯，女孩子家都臭美。

"啊！"我被自己的想法吓了一跳。

亦辞递过来一碗水，他的手真美，细细长长，骨节分明，像是戏楼里的琴师，我想到自己圆圆的小手，羞愧的不好意思拿。

亦辞挑眉看着我："怎么啦，不渴吗？"

我赶紧接了过来。

我埋头喝水，余光瞥到亦辞拿着根长箫递到我面前。

他示意我接着，我睁着圆溜溜的眼睛，"给，给我的？"

亦辞微微笑着，点了点头："我听说你喜欢吹这些小玩意，正好得闲，逢上竹子长得好，就挑了一根，做给你。"

我小心翼翼地接过来，生怕弄坏了它，那光滑的木身，我轻轻放在唇边，凉凉的触感让我浑身一个激灵。

亦辞他，为何要做这么别致的东西给我，难道他，难道他也？不行，不能想了，我低低埋着头，脸红得要滴血。

亦辞转身整了整书柜上的书，我长吁一口气，还好没让他看见我的窘样："采依，这是谢谢你替我解围的谢礼。"他朝我眨了眨眼睛。

我道他说的什么，汗颜了一下。

前年冬天，家姐因着一直计较自己不识字，便把我送进了私塾，想让我吃几滴墨水，好做那有些学问的人，哪知，她这一妹妹根本就是个草包，不仅草包，还是个闯祸精。

我伙同同学堂里另一个不想念书的同学，在学堂里放了机关，还在桌子下面放了捕兽夹。

当晚我回去之后越想越觉得不妙，万一真出了什么事，我可是要挨板子送牢房的，家姐把我拉扯大不容易，我可不能真去吃了那牢饭。

我干着急了好半天，大清早蹲在门外等，终于把亦辞等来了。

那时我晚上没睡好，正蹲在学堂外打瞌睡，亦辞夹着书本，穿着一身洗白了的麻布长衫，低着头，踩着一地的阳光朝我走了过来，我整个人都看傻了。

就是那一刻，我想，我可能喜欢上这个比我年长近十五岁的先生了。

我就那么呆呆地看着他，直到他走到我面前时我还傻傻地蹲着，抬头与他对视，他看着我的眼神不着痕迹，无悲无喜，"采依？"

"啊，啊，是啊！"我条件反射地点了点头。

"来得真早，可真是个好孩子。"他拍拍我的脑袋，然后开门就想进去，我立马拉住了他的衣角，他低头疑惑地看着我，我脸红的要滴血，不作声地把门轻轻一推，然后一桶水哗啦一声倒了下来。

我偷偷看他，他的表情里有一丝诧异，但是很快就平静了。

"这个是英冠他们的恶作剧，我跟他关系不错，他告诉我的……"我扭过头拉了个舌头，英冠，不好意思啦，反正先生人很好，也不会拿你们怎么样，你就背个黑锅吧。

然后溜进去把桌子下的两个捕兽夹子踢掉了。

回过头看见亦辞认真地看着我，眼里有些我看不懂的东西，我被看得落荒而逃，生怕他看出来这些其实是我出的坏点子。

后来英冠莫名其妙地被面壁了半天，下学时，我胆战心惊地从他身边探过脚，生怕他知道其实是我出卖了他。

三

瞧见窗外的日头退了下去，想是采棱已经回来了，遂同亦辞道了别，兴高采烈地拿着萧回去了。

采棱一身绿布衫子像山中的精灵，我从身后一把搂住她："姐!"她嬉笑着一掌打了过来，两个酒窝很是醉人，"死丫头，还知道回来。"

我尖叫一声躲开她，她一把拉住了我："这是谁的?"

我一看，她正指着我手中的翠箫。"亦辞的。"我声音像蚊子一般小。

家姐掐着腰教训我："让你别去烦先生，你又去啦。"

我咬着唇，执拗地拿着："这是亦辞的谢礼。"

"采依，他比你大十四岁，又是你老师，你直呼其名不礼貌。"家姐叹了口气，无奈道。

"可是……"

"采依,无功不受禄,知道吗?"

"哦。"我噘着嘴。

采棱看我一副不高兴的样子写满整张脸,口气软了下来:"好啦,这次你就收下吧。"

我雀跃地跳起来,又被她叫住了:"为了答谢,你得去采些莲子做回礼。"

我高兴得应承了,采莲子给亦辞,我以前想都不敢,这次有家姐的许可,可以正大光明地回礼,我高兴得不知所以。

女孩子们都喜欢采些芷兰草给自己的情郎,那我的莲子,可不可以也当成定情信物呢,我有些羞涩地想,抱着竹箫睡着了,这一夜,我睡得尤其好。

第二天,我心情极好地出门了,敲响了月晚的家门,月晚揉着眼睛给我开门,我招呼她同我一起去采莲。

月晚打了个哈欠,睡眼惺忪地看了我一眼,摇了摇头:"今儿我有些事,我要同家姐去采茶,所以,怕是不能陪你去了。"

"月晚,采依。"

英冠一手按住头上的冠帽,一手拿着网兜朝我们跑了过来。

月晚皱眉不悦地瞧着他:"你如何来了?"

英冠有点憨憨地挠了挠额头:"今日日头甚好,想邀你们前去采莲的,顺道,捕蝶。"他看了看月晚,又瞧了瞧我,"你们这是?"

月晚嘟着嘴:"我今儿要去同家姐采茶,怕是不能同你前去了,你下晚捕了蝶拿来给我瞧瞧吧。"

月晚说完就转身去了院内收拾物什,我兴致恹恹地走了。

"采依,采依,月晚没空,你同我一道吧。"英冠扛着网兜跟来。

我离他有两步,现下虽民风颇为开放,但到底英冠是月晚的心上人，是以，我还是有些不大喜欢同他讲话。

"采依，你最近怎的不大理我？"英冠依旧不依不饶。

我一转头，差点撞上他扛着的网兜，他一把扶住我的胳膊，然后双双跌在了路边的草地上，地上软软的，有股青草香，还有一股热热的气息喷到我的脖子上，痒痒的，起了我一身鸡皮疙瘩。我睁开闭着的眼睛，看见英冠认真地瞧着我，这气氛有些异样，我一把推开他，他也有些尴尬，拍拍膝盖上的土，然后伸出手想拉我，我没理他，自己站了起来。

"采依，你休学后寂寞不寂寞？"知了声有一声没一声地叫，我精神不集中地瞧着不远处大片的竹林，又想起了亦辞。

"不寂寞。"我嘴角不自禁地弯了。

"嗯，我带了些小人书，我有空读给你听好不好，嗯，还有月晚。"

"哦，好啊。"

我想起了亦辞给我的手抄本，到现在还压在家姐的枕头下，不禁有些急切，虽然我也不知道我何来的急切。

"真的可以吗？那我以后去找你。"英冠高兴地跳起来，吓跑了路边的一群小蝴蝶，我好奇地看着他，什么？

说实话，我对英冠最近对我的态度感到一丝奇怪，想当初，我刚入学堂的时候，他总是欺负我。这些男孩子们颇有些无聊，总是喜欢在女孩子的身后指指点点，我就曾听别的男同学跟我讲，英冠曾经正大光明地嘲笑过我呆。

而他对月晚的评价就是诗经里的那湖中白鹤，关关雎鸠，在河之洲，窈窕淑女，君子好逑。为此，我愤愤不平了许久，纵然我同那月晚是有些差距的，可毕竟大家都是同乡人，还是女孩子，好得留点面子啊，怎么如此败坏我一待字闺中的女子的名声呢。

哎，纵然，我确实有些呆，可呆归呆，美还是爱的，女为悦己者容嘛。

是以，自此以后我就记恨上了英冠。

但后来，我发现他是个特别会玩的男孩子，比如，他会折出很美的纸鹤，他还会用皮革包上棉絮，做成一种圆形的东西，可以踢来踢去，再加上，他后来坐我后面，时常拿些小玩意收买我，我便渐渐对他消了敌意，厮混在了一起，比如差点害了亦辞，便是我俩的馊主意。

四

后来，家姐发现我实在不是念书的料，就将我接回去了，走的时候，我同英冠道了别，想着大家都是同乡，以后还会有不少时间一起玩，但英冠找了我几次之后，却同月晚好上了，我也乐得当那成人之美的媒婆，乐见他俩成了佳话。

所以，想到这我有些好奇，"你做什么这么高兴啊？"

诚然找我就是找月晚，因为我俩住得近，但是不应该怕我打扰，而避着我吗，就像月晚一样，每次他俩在一起都要朝我使眼色，但我实在觉得，月晚才是正常的，想我，若是同亦辞在一起，定也不希望别人打扰。

"啊，我哪有高兴啊……"他转过头去，有些做贼心虚，我顺着他的方向看去，遥见一片菡萏开得正旺。

我雀跃地欢呼一声，然后挽起裤腿，拉着草绳，把河边的小木船拉了过来，然后戴上草帽，一脚踏了上去。回头看见英冠也放下网兜，准备上船，我眯着眼睛看他被太阳照得明晃晃的脸蛋，"你不是也要去采莲吗？"

"不了，我不急，我先帮你吧。"他眯着眼睛，大板牙露出了一半。

有了英冠这个帮手，我采得顺手极了，不一会，小船就放满了，我开心地将它们整理好，然后打算洗干净，我哼着歌，挑出一捧，打算用水涤一遍，英冠的船划得很稳，从荷花群中穿梭而过，速度有些快，我捧着的莲蓬有些长，我一时忘形，莲蓬头勾住了河中的莲蓬，就这么生生栽下了水面。

掉下水的时候，我心想，可真是乐极生悲啊，这下子可完了，我不会水啊。

哪知我还没尝到窒息的滋味，英冠就一个猛子扎了下来，一把拉住了我，我大口喘出一口气，同英冠飘在湖面上，河中央一片白茫茫的，看不到天际，眼前的荷花无限大，像是一把伞。

"英冠，谢谢你啊。"我摸了一把脸上的水，真诚地说。

英冠的眼睛亮晶晶的，眉头紧锁着，"采依，你这样让我如何放心？"

我"啊"了一声，英冠就一把抱住了我，我在水里，不敢乱动，就那么让他抱着。

水面的声音被无限放大了，我听到有人叫了我一声，抬头的时候，远远地瞧见岸上的月晚，吓得一把推开英冠，然后又沉进了水里，这下狠狠呛了几口水，被淹的半死不活地被英冠给拖上了岸。

天色已见晚，我拧了拧衣服上的水，看见月晚一双眼睛泪水盈盈地瞧着身边的英冠，英冠不动声色地同她对视着，我觉得我又成了多余的那个，但显然，这次我不是多余的。

我觉得月晚许是误会了什么，一阵风吹来，我哆哆嗦嗦地抱着胳膊，上下牙齿直打战："月，月晚，你别误会啊，我不小心掉下河，英冠救我来着。"

诚然，要是我看到亦辞同月晚在一起也是要吃些味的，我觉得我的解释势必要狠下一番功夫的，我晃了晃舌头，打算利索点解释。

一抹清幽的月光照在月晚脸上，一条亮晶晶的泪渍清晰可见，反射着清冷的光。

我突然就没有解释的勇气了。

月晚直勾勾地瞧着英冠，仿佛要将英冠看穿一般，我垂着手不知如何是好。

"英冠，你其实是不是，一直喜欢采依？"月晚说着，一行泪又流了下来，"我记得那时，你时常在我家门外玩，我以为你是喜欢我的。"月晚抽了抽鼻子，"我今天，等了你很久，但你都没出现，所以，我来这寻你，却不想，你……"

英冠咬着唇，月色有些暗，我看不清他的神色，也不敢深究，他走近月晚，将手搭在她肩上："月晚……"他低低地说，像是怕惊吓到她一般。

月晚垂着头，不言语，半响，她举起手，拿出一双崭新的布鞋："你贪玩，时常割破脚，我既然买了，横竖无人可送，就给你吧。"

说完这些，月晚将布鞋塞在英冠手上，转身走了，她瘦弱的肩膀在月下微微地颤抖，我看见她抹了把泪，倔强地挺直身体，很快，消失在了夜幕深处。

月晚这段时间尤其忙，她跟我说，她在攒钱，原是，攒钱给英冠送鞋的。

姑娘家送男子鞋，意义非凡，我觉得，我虽无辜得什么也没做，但真是可耻极了。

我同英冠站了很久，久到，脚都麻了，他跑过来轻轻地对我说："回家吧。"

我们一路相对无言，蟋蟀声蛙声一片，像是戏楼里一起奏的乐曲："英冠，你不喜欢我对吧？"我鼓起勇气，"你应该去跟月晚讲清楚，你知道，姑娘家脸皮子都薄。"

"不，她没误会，我是喜欢你，但我没想到，月晚她……"

英冠喜欢我，怎么可能？我被这一事实给震得半晌没回过神来，拐过村头那条小河的时候，英冠停住了脚步："采依，喜欢你这事我以前没说过，以后也不会说，我知道你不可能同我在一起，所以，今后，你见到我也不必有任何别扭之处。"

我讷讷地点头，身后的英冠没有跟上来，默默地目送我走远。

家里的门开着，却没人，我唤了几声"姐"，没有人应答，我四处找，发现亦辞家的门半开着，鬼使神差地，我进去了。

内室里有两个人在讲话。

"采棱，你我之间，不必言谢的。"亦辞的声音。

"亦辞，我们何时同采依讲？"我不清楚室内的人是何种状态，但这顿了半天的声音，明显是家姐。

"采棱，采依自小同你一道长大，我怕她，不适应我，我想等她再大些，你看如何？"清泉般的声音拐了个弯，发出轻微的叹息声，"这孩子，自小没娘。"

"我也没娘啊……"我从没听过家姐如此娇嗲的声音，同云娘不同，家姐的娇嗲，让我的心打了个结，疼的想落泪。

"傻丫头，还吃妹妹的醋，我们都等了这么久了，不在乎多些时候啊。"

"亦辞，可是，我们……"

我想到了那本手抄本，想来，那原本就是给姐姐的吧。

我捂着嘴巴，大颗大颗的泪珠打了结般往下落，情不自禁地往后退，一不小心，打翻了花坛的一盆花，他们听到响动，一起出来，看到了一脸惊恐的我。

我像看陌生人一样看着他们，我觉得我遭到了报应，报应快得我还来不及消化，我就尝到了月晚心痛的滋味。

"采依，你回来啦，同家姐回去吧。"采棱过来想拉我的手，被我一下甩开了。

"你们……"

"采依，既然你看到了，家姐就和你实话实说吧，家姐十五岁那年，就同你先生互许了终身。奈何后来爹娘离世，你还太小，才八岁，很是敏感，是以，先生同家姐就想等你长大些再告诉你，现下既然不小心被你听了去，想来也是天意。"

采棱拉着亦辞的手，试探地问，"你不是很喜欢先生吗？那，先生做你姐夫，如何？"

我低着头，拼命忍着泪，轻轻点了点。

先生这么多年不成亲，想来也是为了等家姐，我想，我有什么理由自私。

我还记得在我很小很小的时候，那一年我八岁，爹娘双双离世，只余下一个姐姐，我每日都坐在弄巷边哭，我想爹娘，那时，隔壁的亦辞恰离弱冠不久，披着一头乌黑的发，每日都喜欢坐在巷子里读书，乡里人都道，亦辞学识渊博，怕是要考了状元去的，哪晓得，亦辞不仅没去考那状元，还在乡里当了夫子。

家姐一直以为是她让我从失去爹娘的阴影中走了出来，其实只有我知道，是那个每日坐巷头的男子，是那个每日读经书的男子，是那个笑起来像太阳般温暖的男子，让我有了依靠，有了期盼，有了每一日睁开眼，敢活下去的勇气。

我一直以为，亦辞对我也是特殊的，却原来，皆是因着家姐。

是啊，我毕竟错过他那么多年。

我想，如若我是姐姐，采棱是妹妹多好啊，如果这样的话，亦辞弱冠，我已豆蔻，而非原先的总角小儿，如是他弱冠，我豆蔻，那么，我定要在他最美的年华许他一段佳话。

可是，终归一切只是可是。

乡里的喜婆说过，宁拆十座庙，不毁一桩亲，果然，我毁了月晚同英冠的亲，立马就遭了报应，连我的亦辞都没了，所以，亦辞，你要同家姐一直幸福下去，好吗？

夜色真美，我一直舍不得进屋，坐在花坛上，看着半入云层半露面的月亮，想起了很久以前的日子，那是我爹娘刚去世的那天，我把自己缩成小小的一团，坐在墙角边嘤嘤地哭，一个很好看的哥哥走过来，他轻轻地拍了拍我，然后抬头对我说，"人去世之后，是会变成天上的星星的，所以小依，你的爹娘会一直在天上看着你，保护你，小依，不可以伤心哦。"

我一直记得那天的日光，还有日光下若隐若现的彩虹。

这彩虹一闪，就在我生命中存在了这么多年。

第十五笺 郎来绕床弄青梅

妾发初覆额,折花门前剧。
郎骑竹马来,绕床弄青梅。
同居长干里,两小无嫌猜。
十四为君妇,羞颜未尝开。
低头向暗壁,千唤不一回。
十五始展眉,愿同尘与灰。
常存抱柱信,岂上望夫台。
十六君远行,瞿塘滟滪堆。
五月不可触,猿鸣天上哀。
门前迟行迹,一一生绿苔。
苔深不能扫,落叶秋风早。
八月蝴蝶黄,双飞西草原。
感此伤妾心,坐愁红颜老。
早晚下三巴,预将书报家。
相迎不道远,直至长风沙。

——李白

一

我是织云山下一户农夫的女儿，年方十六，恰逢倚门回首，却把青梅嗅的年纪，爹娘着急着为我许配人家。

家里有爹娘，还有一个爷爷。

每次爹娘目光如炬地审视着前来说亲的人的时候，爷爷都笑眯眯地看着，一脸欣慰，眼底却有藏不住的落寞，自从奶奶离去后，爷爷的话便越来越少了。

我有些心疼这个老人，便时常借敲门给爷爷送饭的时机陪他闲谈解闷。

爷爷有一天喝完我用攒下的私房钱给他打的一瓶酒后，用那已被岁月浑浊了视线的眼睛看着我，那掉了半嘴牙的嘴说出来的话不甚清晰，有些漏风，但我还是听清了，脸颊绯红。

他说，"喜屏，青柯不错，你们自小一道长大，跟他错不了。"

我将盛酒的碗收的"哐当"响，理直气壮地嘟囔，"他有什么好的啊，一个种田的。"我埋着头，假装很忙，收拾完碗之后又将木床上的被褥抽出来，掸干净飞絮，抱到门口的木桩上晒。

我暗暗吐了口气，抬头看向村头，天上日头正盛，村民们开始出工了，蓦然，一道青色的身影映入视线，我刚如释重负的心，又开始跳如擂鼓。

那便是爷爷说的青柯，从小同村，与我一道长大的青柯。

"喜屏，早啊。"青柯挑着担子，一副寻常农夫的装扮，用清朗的声音同我打着招呼。

我记恨着爷爷将我与他配作一道的事，瞪了他一眼，谁跟你早，然后逃也似的跑进屋里，留下青柯一脸莫名其妙，不得所以。屋内，爷爷正坐在桃树木床边笑眯眯地看着我，头上的灰布襟晃得我有些不好意思。

也不知爷爷看见了没有，我气呼呼地坐在窗前的木桌上，木窗外日光正好，一只青梅探出了头，幽冷的香丝丝入扣。

阑珊花落后，寂寞酒醒时。

爷爷许是坐久了，闷了，他近来愈发慵懒，爹说，怕是离寻奶奶的日子愈发近了。

都说人越老，越是喜欢回忆往昔，我努力想很多小时候的事，发现都不怎么清晰，也许，人们说的是对的，人的生命是圆的，长着长着，就回了头。

比如说爷爷。

他颤颤巍巍地拄着拐杖站起来，用那漏风的嘴，絮絮叨叨地讲了些过往，那些他与奶奶的过往。

少年君某怪，头白不自知，老人的背影萧条，微驼的背承载了岁月的风霜，恍惚间，就挣脱了岁月的桎梏，重新回了总角生涯。

那年，邻国攻陷琼县，占领了大部分国土，国家开始了漫长的战争，那时的爷爷五岁。

战斗的号角拉响，民不聊生，为了生计，爷爷每天天不亮就同太爷爷一起去村前河边摸鱼捞虾聊以果腹。

一日，五岁的爷爷蹲在岸边，守着竹子编的鱼筐，太爷爷叉了半天都没插到鱼，招呼爷爷另觅他处。

爷爷没个反应，盯着河对岸发呆，太爷爷便扛起呆头呆脑的爷爷。

河对面，一个小姑娘，扎着马尾辫，穿着蓝色绫布，眼睛忽闪忽闪地看着河对岸的小男孩。

这是他们第一次相见，河中青荇岸边沙，关关蒹葭，一眼即天涯。

春情如乱云，青梅又是花时节，时光缱绻，少年初长成。

第二次见到那个小姑娘是在集市上，爷爷挑着担子在集市上卖红薯，家里唯一的铁锹被太爷爷拿去犁地了，爷爷没有锹，将将只能用手拔，指甲折了，皮破了，血流了半只手，爷爷在地上擦手的空当，一道低沉的声音响起。

"伢子，你这番薯几个铜板？"

"一个铜板，大老爷要几个？"爷爷麻利地拾掇一个大的，然后用麻布包好，递过去。

他用手抹头的时候抬了抬眼，看到观音娘娘座前的小童女对他甜甜地笑。

"哎呀，小哥哥手流血了。"小童女指着爷爷的手对着身边戴着礼帽的中年男子大叫。

那个男子仔细一看："娃子，你不是北村倪家老二吗？在这里卖红薯啊。"

我爷爷憨厚地摸摸脑袋，他们家因为穷都出名了，认识他也不奇怪。

那个男子多丢下一个铜板，爷爷死活不收，赶忙上前去还。人家一看他连摊子都顾不上了，只好又拿了回来："这娃子，咋这么憨啊,哈哈……"

他刚想走,小童女认真地看着他,递给他一个绢帕,香香的,洗得发白:"小哥哥,你擦擦手吧,全是血。"小童女脆生生地说。

爷爷头跟手一起摇得跟拨浪鼓,他手这么脏,弄脏人家的帕子可赔不起,他娘非打断他的腿不可。

小童女二话不说,一把塞到他手里,他脑袋一嗡,愣了,这可咋办,帕子一经他手就脏了,现在是还也不是不还也不是。

那个男子看着爷爷在原地抓耳挠腮的样子,"哈哈"大笑两声,牵着小姑娘的手走远了。

走的时候小姑娘还回过头来对爷爷笑了笑,阳光下露着小虎牙,像极了他灰色少年岁月里的云和花。

这个小童女就是奶奶,这一年,爷爷十三岁,奶奶十岁,邻国的部队被赶走了,新的朝代建立了,但村民们依旧很穷。

二

爷爷回来之后对着手帕发呆,被三妹妹看见了,三妹妹一把夺过去,"小明子,这是哪个姑娘家的手帕子?"

爷爷红着张脸,挑着担子出门割草了。

村里的人家合着养了一头老水牛,每家每户轮着割草喂,这次轮到爷爷家了。

爷爷出去的时候天色还早,天边金色的朝阳染红了云层,路过小河的时候爷爷放下担子,掏出那方已染黑的帕子,认真细致地对着河水浣洗起来,出来的时候他从家后门摘了点皂荚藏在草鞋里，到河边脱了草鞋准备倒出来的时候发现全掉光了。爷爷懊恼了半晌，只得越发用力地用水洗。

洗完之后爷爷把帕子放在大石头上晒，转身背着小篮子在旁边割草，想想又回头洗净个小石头轻轻压住，他怕风把帕子吹走了。

下午，家里大人都出去务农了，爷爷的娘让爷爷看着妹妹跟锅里烙着的白糍粑。

糍粑是用熟糯米饭放到石槽里用芦竹捣成泥状做的一种吃食，爷爷一年只能吃上这么一次，家里一大家子，分到他没几个。

糍粑的香味随着小火慢烤渐渐透出一股糯米香，这种香味勾得爷爷口水都快出来了。他巴巴地看着糍粑，突然想拿几个给那个小姑娘尝尝，这个想法蹦出来的时候他吓了一跳。

晚上一大家子围着一张破木桌子分饭，太奶奶数来数去多了份饭，但是糍粑数量正好够，她围着那把缺了只脚的木头桌子数了又数，终于发现她最乖巧也是最沉默寡言的二儿子不见了。

却说爷爷去哪儿了呢？

下午这个想法蹦出来的时候爷爷就一直按捺不住，待糍粑烤得外焦里嫩、脆皮金黄一片的时候，爷爷拾掇了一条干净的头巾，捻了两个糍粑小心翼翼地包了起来，然后揣到胸膛前，他灭了灶膛的火，嘱咐妹妹乖乖待着之后便叠好那条绢帕，"跐溜"一声跑了。

爷爷之前私下里打听过，过了河，与他家相对的那户人家就是那个小姑娘的家，此时，爷爷站在朱红的大门前，他想着自己家矮小的破木门，心头像是压着块石头。

他摸着怀里的饼，在朱红的大门前犹疑了。

"小哥哥？"一声清脆的声音响起。

爷爷抬头看到了恰好出来倒水的小姑娘，她穿着碎花的夹袄，用红绸子扎着个小辫子，扑闪着大眼睛看着他。

爷爷拿出帕子朝小姑娘手里一塞就想跑，却被小姑娘拽住了衣袖。

"哥哥你渴不，要不要喝口水？"不等爷爷拒绝，小姑娘拉着爷爷就跑。

"哎呀，这不是倪家小老二吗，今儿个咋地来我家啦。"上次集市上的那个老爷穿着一身崭新的土布长袍，脖子上斜斜扎了条方巾。

"娘，我舀瓢水给小哥哥喝。"小姑娘一蹦一跳地去水缸里舀了一瓢水，两个小辫子像蝴蝶一样飞来飞去的。

"哎呦，这是哪家的大小伙子，长得真俊啊。"一个白嫩圆润的妇人一脸慈祥地看着爷爷，跑过来摸了摸爷爷的头，笑眯眯的，"我们家要是有个这样的大小子就好了，尽是些贼丫头。"说完白了小姑娘一眼。

小姑娘低下头，拼命地扯着衣角，脸上的红润也消失不见了，变得煞白。

"夫人，你就当我是你们家的吧，反正我爹娘儿子多，都当狗娃子养。"爷爷见不得小姑娘不高兴，一时着急，脱口而出。

这话说完，爷爷还没反应过来，就被那个老爷一声爽朗的"哈哈"声喝住了："小子，这是你自己说的，不是人逼你啊。"

爷爷愣头愣脑地点点头。

水喝完之后小姑娘将他送出门，他想了想还是将那个在他胸口捂了半天，还热烘烘的糍粑拿了出来递给她。

"小明子哥哥，你真同意来我家啊。"小姑娘说这话的时候埋着头，小脸红扑扑的，一只手还使劲地绞着花夹袄。

爷爷愣头愣脑地想，干吗不同意啊，反正两家就隔了一条河，来帮忙做个事也不是什么大不了的事情。

然后就点了点头，小姑娘二话不说，转身跑了，留下原地的爷爷犹疑了半天。

后来，太爷爷太奶奶看爷爷的眼神就不太一样了。

"小东西，嫌弃咱们家穷，连姓都卖，不嫌丢人。"太爷爷老是恨铁不成钢地拍着爷爷的头。

"算啦算啦，别为难明子了，要不是咱们家连锅都揭不开，小明子不可能同意的。"太奶奶每次说这话的时候眼圈就红了，看着爷爷的样子像是要把爷爷卖了似得。

爷爷还真被卖了。

两家一嘀咕，他被入赘了。

知道入赘给男人带来的耻辱的时候他已经十五了，而那个小姑娘，也已经十三了。

"哎呦，马明子啊，你找你媳妇去啊，找我们干啥子。"

"走走，人家有人养，跟我们不同，我们去做活，不同他玩。"

童言无忌，听得多了，却也是毒药，如鲠在喉的感觉让他不知如何是好，于是他开始躲避那个小姑娘。

他每天都要去田里做活,有时要去割草,小姑娘一有时间就来帮他,这天,他在田里老远就看到小姑娘背着篓子过来了。

　　小姑娘名叫小英子,小英子近来出落得愈发标致了,一张雪白的鹅蛋脸跟剥了壳的鸡蛋似的泛着莹白的光,爷爷看得有点恍惚,但是想起那些刺耳的嘲笑还是咬咬牙,跑了。

　　小英子在原地晃了几圈,两个麻花小辫乌黑透亮,找不到爷爷又拎着小篮子,一甩一甩地跑远了。

　　小英子走之后爷爷从麦田里钻出头,也无心割草了,双手当枕头,叼了根草,躺在干草堆上看了一下午西天。

　　晚上回去的时候,英子的爹急急忙忙地跑来问英子在不在,说英子这孩子午饭都没在家吃,做了红糖糕说想给小明子尝尝就出门了,一下午都没回来,现下天都黑了。

　　爷爷一听脑袋就"嗡"了。

　　虽然邻国军队被打跑两年了,但时不时听摸鱼的渔夫讲,还是能偶尔看到穿着花翎子的别国人出没,他们怀疑是当年剩下的别国人在伺机报复。是以,村民一般不怎么敢一个人晚上出门,即便不得已,也要抄上家伙。

　　爷爷二话不说,当即抡起铁锹就跑出门了。

　　小英子会在哪里呢?

三

　　田里不在,那就是在东边荷塘边的小草地上?他时常去割草,小英子就老去陪他。

　　夜晚漆黑一片,连自己的脚都不大看得清,路边的蟋蟀声蛙声连成一片。"英子，英子!"爷爷窝着手掌叫，草地上一片空空荡荡的，爷爷的声音刚叫出口就被风吃了，他急得冷汗直冒，想着敌军在的时候把他们全村的人围成一圈，拿着长剑随便捅的样子，他心里就跟有个鼓一样在敲，脑袋仿佛不是自己的，头重脚轻，好像下一刻就随时会摔倒。

爷爷挂着铁锹，大口大口地弯腰喘气，额头的汗被风吹得冰凉的，像一条冰冷的蛇在额头滑过。

要是小英子丢了怎么办，要是小英子丢了怎么办？他脑袋里一直回响着这个可能性，不能的，不能的，小英子不能丢，要是小英子丢了，他也不要活了。

念及此，爷爷反而冷静下来了，是啊，要是小英子丢了，他也不活了，横竖要在一起的，他们是定了亲的。

他昂起头来，浑身又充满了力量。

有一条山沟是他与小英子玩捉迷藏时发现的，小英子说那个地方只属于他们两个，她会不会在那儿？

"英子，英子……"

"我在这儿……"一声清脆的声音随着风传来，声音被风吹散了些许，有些弱，爷爷顺着声音寻去，终于在山沟里寻找了小英子。

小英子找爷爷的时候滑了下来，崴了脚，爬不上去了，只能在这儿等人，见到爷爷的时候，她正紧紧地抱着篮子，缩成小小一团在发抖。

"小英子，你没事吧？"爷爷扔下铁锹，一把握住了小英子有些冻僵的手。

"呜呜,吓死我了,你怎么才来。"

小英子劫后余生地趴在爷爷怀里哭了,哭了两声后好似想起什么似的,掀开篮子,拿出一块早已冷却的红糖糕,献宝似的递给爷爷:"不怎么热乎了,我可做了好久呢,唉,算了,你先尝吧,下次再给你做热乎的。"

月色下的小英子眼睛亮晶晶的,像河里的水流,爷爷拿起红糖糕,那可真是人间美味。

那晚,爷爷背着崴了脚的小英子一步一步地回了马家,她搂着他的脖子,靠在他肩上,在那个年代,难得大胆了回。

后来爷爷再也没有纠结过入赘这个事了,与小英子在一起后,他一直是一家之主,为她撑起所有的风风雨雨,就像那晚背着她留下的脚印,他是她顶梁柱般的存在。

或许,我该叫小英子奶奶了,因为爷爷奶奶成了亲。

唢呐声,和那月的春风,一道见证了他们的亲事。

那一年,他十七岁,而她,十五岁,正是豆蔻年华一枝花。

爷爷奶奶成亲后不久,奶奶的爹去世了,家道中落,一日不如一日。

爷爷每天准时给县老爷犁地,奶奶身体弱,爷爷让奶奶好生在家歇着,自己一人扛起了所有的风风雨雨,有时饭不够吃,爷爷总是拨出碗里的白米饭给奶奶,说在县老爷家吃饱了,让奶奶多吃些。

怀第一个孩子的那会儿,奶奶胃口很大,总是吃不饱,爷爷想方设法给奶奶寻吃的。

乡里的男人,没有一个是这样的。

一得闲，爷爷就偷偷溜出门，带着竹篓子，小铁锹，去河里摸鱼，挖河边的野生芋头，有时运气好还能逮到只小野兔。

是以，在艰苦的日子里，别人都饿得面黄肌瘦地，奶奶气色好，反倒愈发丰腴。

一年冬天，天寒地冻，大雪裹青裘，村长安排奶奶到邻县割草，爷爷去更远的县城塘渣，爷爷连夜敲响了村长家的门，站在庭院不肯走，生生被雪盖成了雪人，村长不得法，终是同意爷爷帮奶奶做活。

同样时限，做两份活，来回路程就有一天，爷爷为了省盘缠，硬是咬着牙踏着星光走到了邻县。

完成任务回来的时候，爷爷已经快走不动了，他一手搭在肩上的背裹上，一手死死地按着肚子，半弯了腰，沿着官道走，实在坚持不了，就靠在沿途的路边小憩片刻，每当他筋疲力尽的时候，他就从怀里掏出奶奶的信，看着看着，他就又有力气了。

两来两回，时节已过了一冬。

奶奶没读过书，不识字，也不知道什么叫陌上花开缓缓归，只知道用白纸画了三个小人给爷爷，一大一小，中间拉着个小女孩，爷爷每逢看到，就笑眯了眼，那饱经风霜的脸上再也看不到一丝生活的苦涩。

外面的天再变，寻常人家的生活一辈子也就这么不咸不淡地过着，无关朝代更迭，也没有历史变迁，在爷爷奶奶的眼里，彼此就是对方的沧海桑田。

后来，他们都老了，子女也有了一群。

家门口的老槐树长了一轮又一轮，门口的麦子黄了又青，青了又黄，小屋里的欢笑声年复一年，某一年冬天，终于就噤了声。

我依旧记得那年下了很大的雪，奶奶裹着寿衣躺在床上，气若游丝，她紧紧地握着爷爷的手，然后张嘴却只能发出"嘶嘶"声。

爷爷把耳朵伏在她嘴边，老泪纵横，不停地点头。

我站在一堆子女后面，我那时人小，不知道爷爷奶奶到底说了什么，只看到奶奶去了之后，爷爷就那么握着奶奶的手，握了很长很长时间，长到，我觉得对于他们来说，已经成了永恒。

四

窗前的青梅泛着微白的冷色，蓦然，一道光射了过来，微白的冷便变成了温暖的黄。

爷爷一嘴的牙全掉光了，他眼光遥遥，不知在看些什么，他枯瘦的手颤颤巍巍地摸索进了枕头下，半晌，摸出一片泛黄的布，我仔细看，才看出来，这是一块帕子。

这是一块被漫长的岁月浸失了原本模样的手帕，但我好像透着光，看到它柔软白净的崭新模样，那时候，它偷偷藏过一张稚嫩羞涩的脸庞。

"你奶奶啊，最喜欢在老村口的那棵青梅前等我了。"

爷爷拄着拐杖，微微驼着背，明明已经垂垂老矣，我却觉得他又充满生机与希望，爷爷仰头笑眯眯地瞧着天边，像是对我，又不像对我，他说："快了啊，快了啊。"

我不知道爷爷嘴里的快了是什么意思，是快见奶奶了吗？

以前听隔壁村的瞎子说过,人老到一定年岁,就五感全开,通了那天地了。

倒真是一语中的啊,树上最后一片叶子飘落的时候,爷爷也安然地闭上了眼,乡里的人都来参加了葬礼,他们说,爷爷是高寿,且去的时候嘴角是带着笑的,这样吉利,为讨个好彩头,他们都来送爷爷了。

青柯也来了,他挑着个担子,然后揭开盖着的白布,取出一捧长寿面跟寿桃,我跪在爷爷的牌位前,哭得一把鼻涕一把泪,抬起头红着眼睛不解地看着他,内心暗暗有些责怪他不懂礼数。

娘拍拍膝盖的灰站起来:"哎,青柯,真是难为你有心了。"然后虔诚地收下,将寿面与寿桃放在爷爷脚前的煤油灯边。

"娘,这是?"我好奇地问一边忙碌的娘。

娘亲感激地看了青柯一眼,没有回我,兀自拉着青柯的手,"真是个好孩子,乡里没有人愿意,真是难为你了。"

"没事没事,婶子,小事一桩。"青柯挠挠头,有些憨厚。

我看的丈二和尚摸不着头脑,娘目送着青柯走远,在我身边跪下,自言自语:"青柯真是个好孩子,这些小年轻,没个愿意的。"

我又问了一句:"娘,青柯干吗,爷爷去世送长寿面干吗?"

娘白了我一眼:"这是喜面,给我们家带来好运的,哪家有长寿去世的老人都要被人送上一盘,然后送面的人一起出殡,这是习俗,但多少年没有长寿的老人了,就渐渐没了这道,你不知道就别瞎问。"

我"哦"了一声,继续好奇:"那为什么人家不愿意呢?"

娘边烧纸,边挑爷爷脚边的煤油灯,"谁愿意啊,小青年的,都图个喜庆,谁愿意给别人家出殡。"说完叹了口气,"哎,青柯这孩子真不错,就是家里穷点。"娘瞧了我一眼。

我低了头,往正旺的瓷盆中投了刀纸,假装没听到,明黄的火苗舔着我的手,手上暖烘烘的,我下意识地朝门口看去,一道藏蓝的身影在阴雨中忙碌着。

我想起了很多年前,那时候,我才八岁,村里女孩子少,同龄的,就我一个,男孩子们抓鱼摸虾都不爱带上我,说我是"拖腿的",我挂着个鼻涕被扔在村后的田里,周围全是一个个小土墓,夜色有些黑,我吓得说不出话来。

一个穿着蓝布衫的小男孩睁着个乌溜溜的眼睛,拨开秸秆,好奇地看着我,他脸上黑乎乎的,偏生那双眼睛,尤其明亮,他手上拿着把镰刀,好奇地看着我:"小妹妹,你一个人在这里干什么?"

我被这猛然冒出来的人吓得瑟瑟发抖,半晌才看清,艰难地说出话来:"我迷路了。"

他狡黠一笑,将手上的刀收起来,然后使劲搓了搓手,朝我伸过来:"来,我送你回去。"

我怯生生地牵起他的手,蹒蹒跚跚地指挥他:"我家门口有一条河,河前还有一排青梅树,我最喜欢吃那梅子了,酸酸甜甜的。"

他牵着我,一直把我送到了家门口:"哎呀,原来你家就在我隔壁村啊。以后可不能再丢了哦,你那么小,很危险。"

那年的那个小男孩还小,教训我的时候却像一个小大人。

满目春色城外柳,碧穹别暮色,秋风陡萧瑟,转身春去夏走，雨送黄昏花易落，秋字又回头。

一年又一年，世人来了又走，吹断人情，吹不断山门色，我转瞬已出落到待嫁年华，而他，也已是翩翩陌上少年郎。

渐渐长大，反倒不爱与他多话，女孩子家，最不少的就是矜持。

我想起往昔，一时有些神情恍惚，回过神来才发现爷爷的丧事办得差不多了，宾客吃完饭渐渐散了，青柯卷着袖子在帮爹收拾帐篷，我放下手中的活，一道过去帮忙。

帐篷用木桩子撑着，我个头不够高，垫着脚尖够不下来，我只能跳起来，这一跳碰倒了木桩，"哗啦哗啦"一堆木桩倒下，朝我砸了过来，我吓得原地挪不动脚。

在木桩砸下来，到他挡在我面前，应该只有短短一刻，但是我却想了很多。

我想起了我为什么不理他，那应该是我十四那一年，他父母得了疟疾，双双离世，我去帮忙，他扭着劲，硬是拦着我，不让我进门，后来我一赌气就没理他了，他见到我时照常同我打招呼，就同我是一般的乡里人一样，没什么不一般的。

再后来，我年纪大些了，也知道姑娘家要独守深闺，少出门与男子说话，就很少同他接触了。

我那时候一直计较他不把我当自己人，是以怄着口气，一直不怎么理他，直到现在。

十六岁是个分界线，踏入十六这一年，父母开始有意无意地在我耳边叨扰我的亲事，而我第一个想到的，却是两年不怎么搭理的他。

我一度以为那是因为他是第一个对我好的男孩子，却不曾想过，或许，早就在岁月之初，那个送我回家的小男孩，就深深扎根在我的内心深处了。

我想，如果可以重来一遍的话，我一定不会那么任性了，一定一定与他多说几句话。

"青柯这孩子，怎么就这么命苦。"

家里客人全都散了，有些冷清，地上一些凌乱的白纸，被雨淋得支离破碎，母亲泪眼婆娑地端着盆水，坐在床边给青柯擦脸。

青柯家没有人了，父母早逝，仅剩的一个奶奶也在去年去了，现下，就余他一个人，给我挡了那些木桩，重伤昏迷了好些天，我娘直接把他接到了我家，日日照料着，青柯却不见醒来。

我说退了邻村的媒婆，很认真地告诉她，我许人家了，她不用再来了，媒婆瞪大一双眼："你何时有的人家？"

我低头笑了笑："有的，西头青家。"

青梅又结果子了，一颗一颗，圆圆的，青青的，脆生生的，我随手摘下一颗擦干净放在嘴里，轻轻一咬，一嘴的酸，酸中，又透着一丝甜。

不知谁家烟囱开始冒烟了，细细长长，我抬头看的时候，恰有一丝风吹散了我的发。

青柯哥哥，等你好起来，我们一起去摘那青梅酿酒吧，就像小时候那样。